柯卡之恋

帕蒂古丽 著

ئاپتورى، پاتىگۈل

北京时代华文书局

目 录

第一章　艾则孜

第一节　王宫生活

柯卡王宫宽大的会客室里的长桌上，水晶做的干果碟子里，五颜六色的干果堆金砌银，晶莹剔透的碟子像星星一样，密布在长长的达斯汗（餐布）上，一只巨大的金盘里大如车轮、金黄如太阳的馕像王者盘踞正中，两边两只银盘里，两种宽细不同的馓子盘得像金丝玉带，芳香四溢的伽师瓜切成月牙形，在达斯汗四周摆成放射状，像盛开的金菊花瓣。四只茶壶雄踞达斯汗四侧，像卫兵把守着城门，护卫着胜利的果实。壶身被精美的几何形和花卉图案纵横交错缠绕，雕了繁花的弯曲壶嘴像斑斓的花蛇，壶顶端的盖子上镶嵌着钻石，壶手柄用紫檀木包裹着莹润细腻的和田玉，紫檀木上镶着的红宝石，夺人眼目。

艾则孜又听到了王宫里那震彻心扉的节日鼓号声，这种声音预示着他又可以见到那个美丽的柯卡舞女了，他的脚步随着鼓点的节奏轻快起来，他的心被音乐激荡着……王宫门前，一面大鼓、十二面中鼓、十二只小鼓，四只大号，两只小号分两列排开，留着美髯、头上缠着小山一样白缠布的鼓手们兴奋地敲鼓吹号，陶醉地踏着鼓点的节奏，像禁不住被狂风骤雨吹打的红高粱一样摇摆。盛装的维吾尔族男女老少在王宫前载歌载舞，女人们穿着彩虹一样的裙子，旋转得像七彩的灯笼，男人们的袷袢上镶着的粗犷花边，随着舞步的节奏闪动。艾则孜看见那个跳龟兹舞的女孩环佩叮当，高耸的棕黄色发髻上插着玫瑰，纤瘦的双臂涂了芳香的玫瑰花油，手指上染了朱红的海娜，面纱半遮半掩，一双灰绿色的明眸燃烧着火苗，销魂的睫毛眨出火星，男人们简直快要为她疯癫，围着她狂呼乱唤，手舞足蹈。年复一年，艾则孜迷恋着她的美貌和舞蹈。节日一年一年地到来，每逢节日她都在王宫前，身着华服，飘飞的衣袂如蝴蝶翼翅，轻盈的旋舞像飞天一般。这善舞的精灵舞技越来越精湛，艾则孜以她为画样，暗地里画过不下一百幅这位舞女的画像。她是他有生以来遇到的最优美的女子，他清楚地知道自己不会与一名舞者有交集。艾则孜平常的去处是经学府和清真寺，他认为他的妻子应该是手执泰思碧赫（念珠）口不离诵，端庄沉稳的女子，这样的舞女不属于王宫，就像善飞的鸽子不属于精美的笼子。

艾则孜自小由麦尔丹王爷收养，跟随其后寸步不离。人们都按照满族人的习惯，把麦尔丹王爷叫“麦王”，麦王去哪里执行公务，都会带着他同行，艾则孜像是麦王的随从文书。麦王的权利主要是宗教特权，他教艾则孜管理宗教事务，如何任免阿訇、经文学府的教官、较大的清真寺的伊玛目和哈提甫，他还代管马扎地皮、店铺、水磨、果园等有收入单位的督官。王宫大大小小的事物怎么去处理，艾则孜都非常清楚。

一年一度的开斋节，麦王不到清真寺，阿訇便不敢开始礼拜。节日时辰，王宫里打鼓宣布开斋过节，艾则孜随麦王一起去清真寺领拜。清真寺外的广场上已经站满了来礼拜的老少男子。见到麦王走来，人们自动散成两列，弓腰颔首，手抚胸口向麦王鞠躬行礼。麦王站住，向人们回礼，并走到古尔班前，与他拉手相互道“萨拉姆”（平安）。

满脸大胡子的柯卡城商总古尔班，是麦王最信任的人。古丽波斯坦王后与古尔班大叔是表亲，从小一起长大。

他再次对麦王弓腰行了礼，拍拍艾则孜的肩头对麦王说：“艾则孜真是个非常聪明的孩子，才15岁，就能帮助王爷您处理很多事务了。”

“古尔班大叔，我是担心父王太辛苦，平常尽量多做些杂务。”其实艾则孜对处理王宫的事务并没有太大兴趣。他的爱好主要在文学、绘画和书法艺术上。可他不敢这么说，怕伤了父王的栽培之心。

“老人常说，多嘴的人肚子里没货，这孩子从不多言，可他是王宫里最有学问，读经书最多的人。”麦王抑制不住得意之色，抚了抚茂盛的八字胡，厚厚的嘴唇像盛满了玫瑰花蜜的小碟子一样，盛满了笑意。

古尔班笑了：“我亲爱的王公，请您不要忘记代我问候您的猎鹰们，这些勇士为您捕获了不少狐狸吧。每年看看古丽波斯坦王后穿的狐狸皮大衣，就知道您猎获的都是最漂亮的狐狸。”

麦王养了很多猎鹰，他喜欢让艾则孜陪他打猎。每个礼拜，他都会给他的四只巨鹰蒙上皮子的眼罩，骑着他的蒙古马，由七八名护身卫士跟随，带着猎鹰们出去，到了猎场解下皮眼罩，放猎鹰去捉黄羊、狐狸和兔子。

听古尔班这么说，麦王也笑了："亲爱的古尔班商总，你不问候问候我的鹿和鹦鹉吗？它们可是在经常念叨您呢。"

艾则孜补充了一句："父王为王后养的两只鹿和一对鹦鹉都很恩爱。那只公鹦鹉说'我是王爷'，雌鹦鹉就会搭话'我是王后'。"麦王听了满意地哈哈大笑。

"古尔班失礼了，我要问候王爷宠爱的鸽子们和那对鹦鹉小精灵，还有美丽尊贵的雌雄双鹿。择日我要登门拜访，像亲吻我的孩子一样，亲吻这些可爱的生灵。"

麦王笑了笑说："哈哈，那样的话鹦鹉恐怕要啄您的胡子，小心鸽子们会把你的胡子当成草丛做窝。对了，等那只母鹿生了，王后说要请你喝鹿奶呢。"

"噢噢，愿古丽波斯坦王后玉体安好，愿安拉保佑她平安地为您生个孩子，有这样贤良的王后，是柯卡人的大幸，愿安拉赐她平安。"古尔班再次躬身行礼。

“王后是这个世界上最善良的女人，安拉一定会保佑她。”麦王的脸上掠过一丝不易察觉的阴云。艾则孜知道麦王是在担心王后的身孕，王后有几个月无法下地了，她的胎位不正，医生担心她难产，一直在帮她按摩推移扭转胎位。麦王十分疼爱王后，那是他的亲表妹。麦王不像历代的王那样三妻四妾，他说这一生只娶这一个王后。

麦王跪在清真寺最中间的一块紫色图案的礼拜毯上，蠕动厚厚的双唇祈祷着，其他的人也随后齐刷刷地跪了下来。

“安拉乎艾克拜尔（安拉至上）……”麦王领拜，礼拜开始了。

阿訇的诵经声在清真寺的一根根廊柱间环绕，随着清真寺中间那个通天梯，钻出寺顶，盘旋在寺顶银白色的月牙上。诵经声惊飞的鸽子，扑棱棱、呼啦啦掠过白杨树的树梢，打着鸽哨飞向高空……

礼拜刚结束，有佣人来禀报，说王后难产大出血。艾则孜和麦王奔回王宫，王后身体上已经蒙上了浆过的白布，粗硬的白布下，王后的肚子高高隆起，鲜红的血水渗出来，染红了白布，佣人们围着炕，悲声四起。

麦王关掉了王宫的大门，将音乐声隔绝在外。家人和佣人们换上了素服，男人腰上系上了白洋布，女人们头上戴上了白纱巾，门厅里所有为节日布置的鲜艳的装饰，都被撤下，换上了素色的，窗帘和门帘都换成了白绸。门口所有开花的植物，都被剪下了花朵，开花的树木被蒙上了一层白纱布。王宫所有的花朵都凋零了，所有的快乐的声响都被拒之门外。

麦王在王宫的日子，原本像节日一样，柯卡城里的诵经声和木卡姆音乐响彻整座城。在古丽波斯坦王后去世后的三年时间，麦王再也没有在王宫举行过大型的麦西热普，这样没有乐舞的日子在王宫持续了整整三年，艾则孜三年没有再见到那个柯卡舞女，他只有端详自己为她画的画像，她在画像和梦里向他微笑，为他起舞。

直到麦王娶新王后阿米娜的那几天，歌舞再起，音乐又开始响彻王宫和整个柯卡城。

乐手们用一只像抓饭锅那么大的大鼓，八只低音鼓、八只高音鼓架在王宫白色大殿前面的城门上，配上两只大唢呐、两只小唢呐连续奏了七天，柯卡全城里的男女都来王宫前跳麦西热普。欢乐的《婚礼之歌》响彻大街小巷：

在欢乐的婚礼上，
我们把喜花喜纸洒满衣裳
呀儿呀儿，呀儿呀儿——
我们轻歌曼舞在婚礼上，
心情多么快活，多么欢畅
呀儿呀儿，呀儿呀儿——
红皮亚孜（洋葱头）一层层地剥啊，
柔嫩的心儿一丝丝甜
呀儿呀儿，呀儿呀儿——
巴郎子（小伙子）的朵斯提（朋友）多呀
多情的姑娘啊发辫儿长
呀儿呀儿，呀儿呀儿——

欢快的音乐和歌声穿越一条又一条巷子，传播麦王新婚的喜讯。

迎亲的盛宴持续了七天。父王请了柯卡城最有威望的阿訇，在清真大寺念了尼卡哈（婚礼仪式），做了礼拜，传民间艺人到王宫会客厅演奏木卡姆，王宫前面的茶馆里，有学问的人被父王请来，给参加婚礼的男女老少“说书”。

王宫后院里，阿訇们将宰好的羊剥好了皮，挂了长长的一溜准备下锅。烤肉乌斯塔木（师傅、匠人）们支好了一架架烤肉炉，把串得红白相间的新鲜羊肉架在烤肉炉上，诱人的肉香和木炭气味顿时弥漫在风中。主妇们切好的黄、红两色胡萝卜丝堆积如山，洋葱和孜然浓郁的气息，在主妇们的手指尖穿来穿去，钻进馕坑里新烤的烤馕的麦香里，裹进焦黄香脆的烤包子里，挟着炸油饼和炸馓子散发出的香味，在空气里荡漾。

老街街口的空地上，筑起了一排巨大的灶台，支起了十二口大锅，每日由柯卡城里最好的乌斯塔木，做好大锅大锅的羊肉抓饭，让男女老少尽享王宫婚礼的慷慨。老城的民众自发地沿街支起了大大小小的桌子、摆好椅子，街上来来往往，都是庆贺麦王婚礼的人群。来迟了没有椅子坐的人们，干脆坐在街边店铺门前的葡萄架下，铺上地毯和达斯汗，围坐在一起吹拉弹唱。女人们把糖果和花瓣抛向天空，任孩子们热闹地争抢，把鲜艳的纱巾系在年轻女子们的头上、脖子上，让人们分享婚礼的喜庆。男人们把羊肉抓饭一盘接一盘端到客人们面前，年轻巴郎子举着长嘴壶，茴香玫瑰花茶像高山上奔泻而下的清泉一样，注入客人们的茶碗里。

七天七夜，整个柯卡城都被浸泡在欢声笑语里，空气中弥漫着烤羊肉、烤包子、肉馕、羊肉抓饭、馓子、油饼和茴香玫瑰花茶的香氛。

麦王就要去接二十岁的新王后阿米娜的那天早上，笼子里的雄雌鹦鹉分别叫着“我是王爷”，“我是王后”。麦王神色有些落寞，他打开笼子，留下了“王爷”，托人将“王后”送了人。

麦王从沙城把阿米娜接回王宫的那天傍晚，王宫的白色大殿两侧拥满了来看新王后的人群，人们把鲜花摆在道路两旁，把花瓣撒在麦王和新王后乘坐的“哈迪克[①]”崭新的棚顶上，女人们把玫瑰花香水洒在“哈迪克”的轮子将要碾过

---

① 哈迪克：一种马拉的交通工具。

的路上。

鼓手们突然改变乐曲的调子，奏起欢快的《夏地亚纳欢乐曲》，这是麦王每次打猎或外出归来时，最喜欢乐手们弹奏的曲子，这次麦王听了似乎很生气，掀开“哈迪克”的帘子，莫名地对乐手发火，说他们弹奏得不如意，要狠狠地惩治他们。他命令佣人在马厩背后的牲口圈里铺上毡子，让乐队在圈里彻夜为牛羊弹琴奏乐。

第二天，王宫里孤独的公鹦鹉不住地叫着“我是王爷”，“我是王爷”，没有“我是王后”脆生生的回应声，公鹦鹉的公鸭子嗓音，听起来有点沉闷单调。

挤奶工去挤奶，回来说，或许是牛羊听了一整夜音乐，耳朵累得都耷拉下来了，吃草都打盹。不过，早上挤的牛奶出奇得多，也比往常的好喝。

艾则孜一点也没觉得奶比平常好喝。他看到了新母后毫不回避地盯着他看的眼神，一想到这个比他大不了几岁的妖艳女人，要代替他的母后做王后，他内心就有种奇怪的不适感，觉得吃什么喝什么都淡然无味，心里比失眠了一整夜的牛羊还要烦躁不安。

第二节　愤怒的鹦鹉

柯卡王宫门前的大路，是麦王的赛马场，每逢赛马会，全城的骑手都汇集到这里。麦王会骑着他喜欢的阿勒泰马参赛，艾则孜也骑着伊犁马去助兴。

麦王每次去赛马场，都是头戴黑色或白色帽子，身穿满族长短袷袢，脚蹬厚白底的布鞋，手持五尺长的烟斗。

那时候，大地上各方军队混战，一场战斗接着另一场，北疆、南疆，盛世才、马仲英，甚至还有苏联人的介入，各方打得难分胜败。

不久，柯卡城里发生了暴动。县长带着老婆和孩子，向麦王求救，麦王命人放了绳梯，让县长一家从绳子上滑下城墙，从后门进入王宫。

县长神色慌乱，战战兢兢地对麦王说："麦王，我已经无路可逃了，只有您可以救我一家老小。"

麦王命艾则孜引县长一家九口，进入王宫的地下室躲藏。这一家九口，平时锦衣玉食，兵荒马乱中急着逃命，孩子跑丢了鞋子，赤着脚，眼睛里充满恐惧，县长满脸尘土，衣服也撕破了，县长太太头发蓬乱，怀里抱着的女婴，用小手摸索着母亲的乳房，哭叫着找奶吃。

艾则孜看着这一切，悲悯心起，一阵酸楚。

艾则孜意识到，战争没有是非对错，只有争权夺利，你死我活，让无辜的百姓受害。他希望战争停下来，全柯卡城的百姓都能恢复和平宁静的日子，他将重新见到柯卡的美丽舞女，将有机会专心地研究诗歌、艺术和书法。为此，他每天都在专心祷告。

艾则孜记不清什么时候，战斗渐渐停歇，有了暂时的宁静。麦王放下长刀和枪，穿起维吾尔族的服装，又开始到清真寺领拜，带着艾则孜访民情，问疾苦，安贫良。艾则孜觉得本来东征西战的父王，仿佛是从魔鬼的蛊惑中醒悟过来的人，在这个乱世里，他努力远离血腥、凶残和暴烈，在王宫的宝座上，努力做让艾则孜敬爱的父王。

王宫里的公鹦鹉，声嘶力竭地喊“我是王爷”，“我是王爷”。

麦王对艾则孜叹气，“它是这王宫里的王爷，我现在变成一只笼子里的鹦鹉了。”

“父王，安拉会保佑我们，烧杀抢掠百姓的，无论举着什么旗帜，都是强盗。”艾则孜宽慰麦王。

麦王对着鹦鹉大喊：“强盗！”

“强盗！”“强盗！”鹦鹉一遍又一遍愤怒地大喊。

十二月的一天早上，麦王正在喝茶，王宫忽然冲进了上百名骑兵。看装束，是盛世才那一方的军人。麦王的四十名士兵无力抵抗，麦王和卫兵被他们用枪顶着，他们说，盛世才督办让麦王去和田有公干，带上家产和卫兵即刻出发。

麦王来不及安抚年轻的王后和两个儿子艾则孜、苏里坦，他匆匆带上了王宫里所有的黄金和自己的卫兵，在盛世才的士兵押送下上路了。

过了十日，有人来王宫报告说，麦王被押往和田途中，在塔里木河边宿营时，趁盛世才的士兵熟睡，带着自己的四十名士兵，钻进了大干沟，骑马而逃。盛世才的追兵向麦王开枪，给麦王牵马的卫兵不慎，将驮在骡子上的十多公斤金条遗落逃亡路上，这个袋子里集中了王宫里所有的黄金。麦王避开丢了金条的那条路，改道逃往沙城。

麦王来到沙城的一位阿吉（从麦加朝圣归来者的封号）家，刚端起茶碗喝茶，一个骑白马的人来报信说，有一百名骑兵追赶麦王来了，他们骑的马都是短尾巴。麦王一听到短尾马（被割掉尾巴上的鬃毛，打仗用的战马），知道来者不善，打马向东逃命。

没过几天，又有一个军官来到王宫，他自称陈队长，劝艾则孜把麦王找回来，他说："盛世才督办对麦王一直很有好感，也知道他没参加南疆造反。如果麦王回到柯卡，盛督办既往不咎，会让他继续平平安安当王爷。"

艾则孜害怕战争，他不愿父王裹进战争的任何一方。现在看到"平平安安"的希望，他告别了母后阿米娜，连夜带着食品、衣物和信，跟陈队长去寻找麦王。艾则孜得知麦王在沙城避难，让陈队长留在城外，独自进城，请劝麦王回柯卡。

艾则孜跪下来含泪哀求麦王："父王，我不希望这样打来打去，这些年，人们杀来杀去，每一方都标榜自己为正义而战，这仗打得如此混乱，我真的无法判断谁代表着正义。父王，我不明白这是为什么，我不希望我们去杀人，也不希望别人来杀我们，我不想我们死后都下地狱。”

麦王眼睛直视着前方，根本不看艾则孜的眼泪：“你的眼睛被驴踢了吗，你难道看不到我们现在已经生活在地狱里。这战争哪里有绝对正义的一方？打人的人都说自己在为正义而战，各方都想用武器来夺取最大的利益，没有人会在这个时候怜悯你。”

“父王，盛督办对您很有好感，他说您没参加造反，要给我们和平，您要不相信我的话，我敢向真主起誓！只要您回去，这场战斗就可以停息，王宫里不能没有您，柯卡民众也都盼着您平安回去。现在盛督办也让您回去，求您不要放弃这个机会。”艾则孜跪在地上抱着麦王的双腿大哭。

麦王听了艾则孜的话，一副无奈的样子：“我也盼望回到柯卡，哪怕像鹦鹉一样被囚禁在王宫，也比这样在外面四处逃命要好。”

麦王带着艾则孜和贴身护卫，悄悄出城，跟城外等待的陈队长一起，回到柯卡王宫。

回到王宫的第二天，陈队长又来了，这次他带着二十名士兵，一改往日态度，径直取下了王宫里麦王的挂像。

公鹦鹉大叫着：“我是王爷，我是王爷”。

“你在笼子里做你的王爷吧。”陈队长恶狠狠地说。

“强盗！强盗！”公鹦鹉扯着嗓子喊叫。

陈队长掏出了枪，鹦鹉躺在笼子里抽搐着，蹬着爪子，嘴上滴着血，还在愤怒地叫“强盗，强盗。”

陈队长每天派两名士兵“保护”着麦王，不准麦王离开王宫半步。

两个月后，陈队长被调走了，又换了别人来“保护”麦王。

早上，麦王刚做完乃玛孜，有个人来到王宫对麦王通风报信说：“王爷啊，您不避一避不行了，我听到了他们要暗算你的消息。”

陈队长在王宫的行径，让艾则孜明白自己上了他们的当，骗麦王陷入困境。面对麦王，艾则孜羞愧难当，悔恨撕扯着他的心。

当夜，艾则孜带人在城墙上掏了个洞，乘着卫兵睡着了，艾则孜和麦王在家人的掩护下从洞口逃出，骑马到了沙城的一位亲戚家避难。

沙城到处都有盛世才军队的搜捕，麦王和艾则孜二人连夜逃往塔里木。盛世才部队跟踪追击，在山里转了三圈，盛世才部队在塔里木附近包围了麦王和艾则孜，俩人被逮捕后，双双送进了监狱。

第三节　怀疑自己在地狱里

在阴暗潮湿寒冷的监狱里，艾则孜全身生了疮，他的囚服被老鼠打满了洞，衣服跟溃烂化脓的皮肤粘连在一起，散发出死尸腐烂的味道。他不断地发着高烧，夜夜被噩梦纠缠。

不知道自己睡了多久，艾则孜醒来，感到脖子上疼痛难忍，发现自己的身体正被一窝老鼠撕咬，老鼠爬在脖子上，吸他伤口的脓血。

他不敢睡觉，也无法挪动自己。老鼠根本不在乎这是一个还在呼吸的活人，它们把他当成一具尸体，他睡着了，它们就会窜出来，在他身体上爬来爬去，用尖利的牙齿撕扯他的皮肉。有时候，他也觉得自己已经是一具尸体了。这座监狱幽闭如同地狱，他怀疑连真主也不再听得到他的祈祷。

年轻的王后阿米娜来监狱探监，给艾则孜看了麦王的字据，说他是麦王抱养的孩子。艾则孜听到这个真相脑子转不过弯子。他一直认为自己是麦王和古丽波斯坦母后的亲生儿子，他内心一直忠诚于麦王。活了二十年，他竟然连自己的亲生父母是谁都不知道，就要死在监狱里了，他想，如果在死之前，哪怕能看上生父生母一眼，也死得心安了。

阿米娜已经答应用苏里坦换他出狱。她还告诉他，盛世才已经下了命令，只要苏里坦一到，就释放艾则孜，立苏里坦为王。

听到将要获释的消息，艾则孜没有丝毫喜悦，他只觉得绝望。精明过人的阿米娜为了救他，竟然听信这帮人的鬼话，把可怜的弟弟交给这帮人，他担心年幼的弟弟也被他们杀害。他们已经杀害了跟麦王一起入狱的很多人，现在又要把苏里坦骗到这里，换他的命，他觉得自己很羞耻，他感觉自己是个罪人。

“感谢慈爱的真主，听到了我的祈祷，派出天使来解救我，没想到这个换命天使竟是我弟弟。”艾则孜内心和身体都在撕扯着痛。艾则孜不是没有想过当王，但他更喜欢传统的建筑、绘画、音乐、舞蹈、书法艺术。如果这个王位，要以失去他所钟爱之物来换取，他宁可不做这个王。但在这种境况下，由弟弟当王，他又感觉内心百味杂陈。

出狱的时候，艾则孜内心不停地祈祷：“真主啊，请保佑这个家族，让王位在它所在的地方等着他的后人，而不至于就此失落，不要让我们的百姓陷入无边的动荡与黑暗。”

多年后，艾则孜不想去打扰弟弟的生活，对自己的儿子也一直回避自己的身世和经历，只是没想到这在许多年以后，仍然给弟弟带去了莫大的困扰和烦恼。

第二章　苏里坦

第一节　我将来会做王

麦王每天早上起来第一件事情，就是放飞他的鸽群，检阅鸽群会让他心情很晴朗，等鸽群上了天，他才开始这一天地上的活动。苏里坦的目光从小追随鸽子，也许只是对父王的一种追随。父王最喜欢鸽子，王宫的天空是属于鸽群的。翙翙的鸽群，翅膀在风中震颤着空气，有两百多只，不，也许更多，周围许多人家的鸽子都飞到了王宫。鸽群飞上蓝色的天幕，直冲云霄，它们排成漂亮的队列盘旋，渐渐飞远。

苏里坦喜欢跟阿依努尔看天上盘旋的鸽子。鸽子活生生地飞在天上，头顶上的天空也是活生生的。

沙城很有名望的塔什老爷，把年轻貌美的女儿阿米娜嫁给了麦王做妻子没多久，王宫里变得不太平了，苏里坦看着穿军装的人出出进进，麦王带着艾则孜天天在外面打仗。

在混战中，县长一家无处可逃，苏里坦看到艾则孜哥哥带着县长一家，让他们藏在地下室里。外面稍稍太平了一些，麦王吩咐阿米娜王后，带县长去沙城她父母那里避难。苏里坦每天和佣人去给县长一家人送饭，因为只有他能听得懂他们一家讲的汉语。县长的小女儿叫月儿，脸又白又圆，县长让她叫苏里坦哥哥，她叫得很清脆，像早晨小鸟的叫声。

直到事态平息，县长从沙城回到柯卡来找麦王，说整夜提心吊胆，不敢合眼。麦王下命令，让自己最信任的心腹带了十名武装人员，整日整夜护卫县长左右。县长见事态平息，每日按二两银子付酬，打发给了十名侍卫。麦王责怪让他不要付报酬，县长对麦王说，他们一家九口的性命，无法以金银来衡量。

枪炮声又开始轰鸣，苏里坦和母后守在王宫里，听到外面震天动地的爆炸声，吓得魂都要飞了。苏里坦听艾则孜哥哥说，弹药库被炸了，死了很多人，剩下的汉族士兵服毒自杀，许多汉族人带着自己的家人跳崖。活下来的汉族人很害怕，到处躲藏。

麦王给全城百姓下令，保证柯卡城汉族人的生命、财产的安全，并派兵马进城，将四处藏匿的汉族男女老少统统带进王宫，腾出宫里的房子，铺上被褥，将他们安顿下来。

就在那天，麦王喂养的两百多只鸽子，在阿訇的诵经声里升天。脖子上沾染着鲜血的洁白，躺满了王宫的院子。鸽子的血滴进王宫的银碗里，复活了奄奄一息的服毒者。鸽子死了，那些受伤的人和服毒自杀的汉族人，在鸽子的尸首旁醒来。

苏里坦端着血红的银碗，站在院子里，抬头看着每一寸寂静的天空，天上一只鸽子也不再飞过，他和艾则孜哥哥一起，为死去的几百只鸽子和几百个被鸽子血救活的人祈祷。

第二节　月儿在王宫

柯卡恢复安宁后，县长为了表达感激之情，要将自己的孩子外加许多金银首饰和衣料，送给麦王。

县长说：“王爷，您的大恩大德，我这辈子报不完，下辈子还要报。我们汉族报恩要把最珍贵的东西献给恩人。我把女儿月儿真心诚意送给王爷做女儿”。

麦王坚决推辞：“乱战当头，无辜的活人我都会救，何况我们是朋友。孩子是你们的骨肉，虽然我们没有女儿，但不能要你们的女儿啊。”

县长说：“我们全家人的性命，都是王爷给的，对于我们一家，您就是救主。您只有儿子，没有女儿。我和妻子商量好了，把小女儿送给您。孩子小，只要您不告诉她实情，她就会永远把你们当作亲生父母。”

“这么小的孩子，怎么能离开父母。”阿米娜王后在一边叹息。

“如果嫌小了难养，我把孩子们都带来了，随您挑，挑哪一个我们都会很感激！”县长带着妻子和孩子，齐刷刷地跪在王宫的地毯上。

“不不，我们怎么能忍心……”麦王为难了。

县长恳求麦王收下孩子：“我们祖先有句老话，滴水之恩，涌泉相报。你不收下这小女儿，我们就长跪不起。”

县长一家长跪在地毯上不肯起来，几个大点的孩子跪在地上磕头，麦王怎么制止也不肯停下。县长太太怀里的孩子饿了，开始哭叫。县长太太侧过身跪着给孩子喂奶。

阿米娜王后去扶县长太太，县长太太顺势把怀里的女儿，送到王后手上。王后看看孩子，又看看麦王，两手捧着孩子，像捧着一个热馕。

麦王哈哈一笑："这个孩子还在吃奶，我们就收下那个大点的女孩吧，我们会按维吾尔的习俗，养大这孩子，将来就嫁给我儿子当媳妇吧。"

县长拉单腿跪着拉住麦王的手说："高攀贵子，三生有幸，求之不得，求之不得。"

苏里坦听了父王的话，羞怯地看着县长旁边淡黄色皮肤月牙脸的小女孩，心里把父王的玩笑当真了。

尽管麦王和王后都喜欢这个粉嫩的小姑娘，艾则孜和苏里坦也想有这样一个小妹妹，但越是如此，麦王和王后越觉得不能要这个孩子。每隔几天，他们就去县长家送孩子，假说孩子整日整夜哭闹，养不了，让他们留下孩子，无论说什么县长和太太都不动心。看看这孩子实在送不回去，麦王只好派人把孩子放在县长家门口，让苏里坦和佣人守在一边，等着县长家的人出来抱孩子，等了半晌，县长家竟然装作没听见月儿的啼哭，大门关得严丝合缝。

在那场灾难中，死了很多人，苏里坦在灾难后得到了真主意外的恩赐，月儿就这样留在了王宫跟他做伴。

麦王按照穆斯林的习惯，请了柯卡城的阿訇给月儿取了名叫“阿依努尔（月光）”。月儿从此成了王宫小公主阿依，只要她发出娇滴滴的哭声，王宫的地都要跟着颤抖。麦王抱着她，王后给她喂羊奶，唱着歌哄她睡觉，阿依一天天长大，开始用维吾尔语叫麦王和王后“阿塔（爸爸）、阿娜（妈妈）”。所有的人都围着她，小苏里坦有点儿小失宠，可是他很快就化忧为喜。自从阿依来到王宫，王宫里快乐的气氛就格外浓。

麦王和新王后有了一个漂亮的小女儿，他们的开心谁都看得出来。这让苏里坦能想象到，将他从亲生父母身边抱来时他们的快乐。这样想着，他觉得自己很幸福。麦王出去骑马的时间减少了，抱着阿依逗乐的时间多了。有时候他去放鸽子，新王后带着苏里坦和阿依，一起看鸽子，新王后嘴里哼着歌儿：

“我的宝贝儿本是富家女，
牛羊满圈一个好家底儿。
王爷阿塔为你撑腰壮胆儿，
尊贵的阿娜照料你饮食周全。
哎宝贝儿，月亮似的胖宝贝儿，
你就是天上那漂亮的月亮。
你的眼睛就像羊儿一样逗人爱，
你甜甜的小嘴儿，
就像招人疼爱的月牙儿。
哎，宝贝儿，我的小宝贝儿，
我的眼睛几乎不能离开你，
哎，可爱的宝贝儿……”

苏里坦上了学堂，学了不少汉语，用汉语叫阿依“月亮妹妹”，她瞪大毛茸茸的眼睛看着苏里坦，只要叫她“阿依”，她就高兴得手舞足蹈，直往苏里坦怀里扑过来，叫他“阿卡”（哥哥）。

阿依的脸从一个淡黄小月牙，慢慢地变圆变白，看起来真的像一枚小月亮。她穿着小裙子跟着苏里坦，在王宫的花园里追蝴蝶。苏里坦跟她说：“没有白给你起阿依努尔这个名字，晚上你要是站在花园里，没有月亮，你也能把王宫的花园照亮。”

这话阿依听懂了，咯咯一笑：“我们王宫以后不用点灯了。”

苏里坦笑了：“对，晚上坐曼帕赶夜路，也不用点灯了，可以省很多油。”

“你是说我是一只省油的灯，嘿嘿。”她笑得很得意。

“什么叫省油的灯？”苏里坦拍拍脑袋。

“不省油的灯，就是说那些难伺候的人。”

“难伺候，为什么说是不省油呢？”苏里坦糊涂了。

月儿露出石榴籽一样好看的小碎牙，追过来说：“你不是省油的灯，你是太阳。”

“月亮追不上太阳！”苏里坦跑开，逗她追赶上来。

吃过晚饭，苏里坦一使眼色阿依就跟出来，一起去花园玩月亮追太阳的游戏。苏里坦在花园里躲起来，她找不到就急得跺脚，她跑回去告诉阿塔和阿娜说：“太阳躲起来了，外面没有太阳了。”

阿塔、阿娜安慰月儿，哄她睡觉：“阿依乖乖睡觉，太阳明天会自己出来的。”

阿依害怕黑暗，跟她捉迷藏，苏里坦不敢躲得太久，不然她会吓得大哭大叫，让父王和母后以为他欺负了她。每次他躲躲闪闪几下，故意自己跑出来，假装被她追到了。她扑到苏里坦的怀里，拉住他的衣袖：“抓住太阳了，看你往哪儿跑！”

“太阳看到月亮就停下不跑啦！”苏里坦假装投降。

阿依罚苏里坦在王宫的秋千架上推她荡秋千，他推她一把，她就咯咯地笑上一阵。

阿依笑声在秋千架上荡过来荡过去，又白又圆的小脸，忽远忽近地在秋千架上晃动，像一枚小月亮。

母后说，我将来会是王！

王是什么？

是苏里坦。

嫁给你，我就是王后。

对，你想过会嫁一个王吗？

我不想嫁给王。

那你想嫁给谁？

我是月亮，我想嫁给太阳。

苏里坦很郑重地说："阿依，我将来真的会当王！"他担心阿依把这个游戏只当成是小孩子的一种游戏。

"等你当了王，那我就当你的王后。"阿依的口气那么肯定。

"阿依，我喜欢你，在你进王宫之前，我没有伙伴。王宫里那个沉默寡言的艾则孜哥哥，只看经书、画画，不爱陪我玩游戏。"

那时候，小孩子怎么可能明白，月亮属于夜晚，太阳属于白天。它们也许黄昏或者清晨，在天际相遇，当白天来临，夜晚结束，月亮就会离开，剩下孤独的太阳挂在天上。

第三节　坐着曼帕走亲戚

麦王和母后带着苏里坦和阿依，坐着"曼帕"去县长家里"走亲戚"。

"阿依，你很小的时候，父母有事出远门，就把你留给了我们养着。”

“父王，您的笑话漏风了。”

阿依看看父王，看看母后，他们很认真的样子，让她害怕。她求救地看苏里坦，苏里坦用双手捂住脸，转过身子不去看她。

阿依很委屈，忍不住哭了。

“是你们想把我送给汉族人家，硬说他们是我的爸爸、妈妈。”

麦王和王后对视着，说不出话。

麦王和母后，每个月都会带着阿依“走亲戚”，阿依每一次出门的时候，都会恳求地看着他们，不情愿地掉眼泪。麦王和母后每次都要说很多让她高兴的话，哄干她的眼泪。

苏里坦觉得很失落，阿依有自己的哥哥姐姐弟弟妹妹，月儿不是他一个人的。

去了多次之后，阿依开始跟哥哥姐姐说汉话，跟他们亲热地打闹。

苏里坦也改口像他家人一样叫她月儿，只有父王和母后还是叫她阿依。

月儿还是那个阿依。只是脸上的笑容少了，蒙上了一层朦胧的雾。苏里坦看得出她不开心，却猜不出她是因为离开王宫不开心，还是离开自己的家不开心。苏里坦发现，阿依每次看望家里人回来以后，都躲在过去捉迷藏的王宫花园角落，背着人偷偷地哭。他心里能理解阿依。他每次去看望自己的父母回来，情绪也会低落好几天。怕麦王和母后难过，他把这种情绪悄悄藏起来，不让父王和母后看见。

阿依已经很久不跟苏里坦捉迷藏了，她的忧郁情绪开始跟他捉迷藏。苏里坦以自己的心理来推断，阿依难过，是觉得亲生父母不在身旁。他主动带她去看她的家人。阿依跟兄弟姐妹越来越熟悉，她心里原有的那层隔膜被亲情融化了。她跟父母和兄弟姐妹之间越来越亲热。苏里坦心里失落的情绪越来越重，苏里坦开始担心，这家人会夺走他唯一的妹妹。

月儿和哥哥姐姐追逐，不小心摔倒在地上大哭。苏里坦扶她起来，帮她拍掉裙子上的土。月儿的哥哥跑过来掀开裙子，去摸阿依的腿。苏里坦硬拉着她阿依，逼她跟他回王宫，她不肯回，苏里坦打了她一巴掌，她默默地掉眼泪，一副无辜的样子，苏里坦不明白自己为什么那么气恼。

苏里坦不愿意再陪着她回家，其实，月儿那时已经可以一个人回家了。

后来苏里坦一直后悔，最后一次去月儿家他竟然那么凶地对待她。

“月儿不愿意回到王宫了，她把我们忘了。”苏里坦想月儿了，就跟父王埋怨。

父王说：“汉族人讲情义，只要你对他有恩，十年二十年他都会记得。放心，阿依不会忘记我们。”

阿依荡过的秋千架，空空地挂在院子里的葡萄架下，似乎无论苏里坦做什么，阿依都在秋千上看着他。

一个人坐在院子里，苏里坦忍不住哭了。那个秋千在阿依来到王宫之前，是他经常一个人坐在上面荡的。他想起了自己想不起模样的父母，他才两岁，就被抱进了王宫，这么多年，苏里坦都很少去看父母，不知道他们心里该是什么滋味。

苏里坦听人说，自己刚来到王宫时，父王和母后一直让他改变用左手拿东西的习惯，理由是，一个王不能动不动伸出左手待人接物，这于情理、习俗不通，是为王者的大忌。

麦王和王后从来不打骂他，为改变他在父母家家里养成的用左手吃饭的习惯，麦王罚他站在太阳底下暴晒，后来他慢慢改过来了。他觉得，王宫希望他遗忘自己的出身。他本是麦王弟弟的儿子，麦王要把他变成自己的儿子，他就必须有所改变，一个习惯用左手的王，将来是会遭人笑话的。他们想让他与过去决裂，他们这种隐秘的愿望，只有通过改变他的这一最明显的习惯为标志，只要他学会用右手做事，在他们眼里，他就是一个与过去不同的人。作为麦王之子，至少要与过去的那个穷巴郎子有所区别。

自从苏里坦改变了用左手的习惯后，有段时间，他确实变得没有那么想念家人了，他觉得自己变了一个人，似乎真的成了父王和王后的孩子。每当他想念父母的时候，就会本能地伸出左手打量。只剩一个人的时候，他会用左手干活，用左手偷偷拿东西吃。

苏里坦有种奇怪的感觉，每次用右手拿东西吃，似乎都喂到了另一个人嘴里。只有用左手吃饭的时候，才能把小时候的那个穷小子，跟做了麦王之子的他连接起来。在四下没人的时候，他会时不时地伸出左手，给那个过去的那个穷巴郎子喂点吃的。苏里坦会喃喃自语：现在苏里坦过上了好日子，不能忘了他，让他一直忍饥挨饿，苏里坦心里会很不安。

苏里坦出生后，父亲按照习惯每月抱着他去剃头，一直到两岁进了王宫。想到剃头店里剃刀掠过头顶后爽快的感觉，他就想念父母。刚到王宫，谁给他剃头，他都大哭闹，无法制服。父母告诉他，乌斯塔木第一次给他剃头就预言，他将会抱给一个富贵之家，父母干脆给他取名“苏里坦”（帝王）。此后，乌斯塔木每次给他剃头，都会把头顶的一撮头发留得跟王冠一样，所有的小孩子中，只有苏里坦剃着像公鸡鸡冠一样的发式。麦王从人们口中听到了这个预言，在抱养了苏里坦以后，还把乌斯塔木的剃头铺搬到了柯卡城里。苏里坦的头发，麦王从不让别人动，一直都是这个剃头匠剃。因为只有这个剃头匠，能让苏里坦不哭闹。

阿依妹妹的头，从小也是这个剃头匠剃的。他给阿依一直剃一种发式，就是用剃刀从头中间剃出一条白色的分界，把头发一剖两半。苏里坦不喜欢这种发式，觉得这让阿依的头变得不好看，可是剃头匠从来不改变他剃刀的方向。

苏里坦猜测，也许剃头匠预见到这孩子是属于两个人家的，也能预感到终有一天，她会离开王宫。这个发式，就是把一个完整的人，从中间分成两半的感觉。

苏里坦想，剃头匠能预料他会被抱养给富贵之家，阿依妹妹离开王宫这件事，他肯定也早就料到了，只是不便于说出口，因为这不是一件高兴事。或者他那神奇的剃刀，很自动地沿着命运线，为阿依画出了以后的道路。

苏里坦知道，他长大会做王，虽然他还不知道王是什么。他担心自己永远不明白王是什么。

从会说话开始，父王就请了阿訇教苏里坦背经文，学习正规的宗教礼仪。每隔两个月，就有严格的考试等着他。后来苏里坦进了汉语学堂，跟一个姓海的回族读书人翻译学汉话和汉字，海翻译的女儿海池尔跟苏里坦同桌。苏里坦每天缠着海池尔教他汉语，让她读汉语书给他听。苏里坦是一个安静而肯钻研的孩子，这让老师很高兴。海翻译说，苏里坦将来会是个了不起的人物，嘱咐海池尔好好教他学汉字。无论什么苏里坦一学就会，海池尔总是用崇拜的目光看着他。

阿依离开王宫以后，海池尔在苏里坦心目中渐渐代替了阿依。他把对阿依的喜欢，加倍地倾注在海池尔身上，有时候，他甚至分不清，自己是跟阿依在一起，还是跟海池尔在一起。她们两个同样有着毛茸茸的眼睛，雪白的皮肤，乌黑光洁的头发，同样以小鸟一样的声音叫他哥哥，海池尔只是比阿依多了一份含蓄和羞涩，眼睛里有着躲躲闪闪的火花。苏里坦做什么，海池尔都紧随其后，俩人在学堂几乎形影不离。因为父亲是经学府的老师，海池尔整日被诵念《古兰经》的声音包围，这一点她是跟阿依不一样的。苏里坦约海池尔一起摘新疆红花、摘沙枣，两人在葵花地和马兰花丛中奔跑追逐，他喜欢闻到风中飘来海池尔浑身好闻的香豆子和孜然香味。海翻译知道两个孩子喜欢凑在一起，也总是以默许的眼光看着他们成双成对、欢欢喜喜地满世界疯跑。

情窦初开的海池尔，一心想着长大了嫁给苏里坦，跟他生活一辈子，苏里坦也认为有一天他会把这个回族女孩娶回王宫里，让她给他生一堆既会说维吾尔语，又会说汉语的孩子，他喜欢被海池尔的气味浸染，跟她一起在王宫过快活的日子。

直到那一天之前，苏里坦都是开开心心的，王宫里平平静静。

直到那一天之前……可是那一天注定要来临。

那一天，麦王的挂像被取了下来，那些红色和蓝色的有锯齿边的旗子也被扯了下来，那些墙上历代先王的像，不知道什么时候，全部被撤了下来。窗户上印着丁香和石榴树的影子，天窗上的天是灰色的，鹦鹉被打死了，几只猎鹰扑棱着翅膀飞走了。黄胡子、蓝眼睛的苏联人管着麦王和艾则孜哥哥，谁都不准迈出王宫半步。

那一天，苏里坦放学回来，看见王宫的大门被贴上了白色的字条，上面是黑色的汉字“封”。王宫里的人都被逐出了王宫，王宫的大房子和所有财产，都分给了穷人。

王后离开了王宫去迪化，打探麦王的消息。苏里坦无处可去，变成了一个流浪儿。他想到了麦王救过的县长一家，这个时候他希望能躲到阿依家，让县长帮他渡过难关。

他找到了县长家的老房子，忍不住拐到了他家门口，门紧闭着，邻居说，他们家早就搬走了，听说去迪化了。

他拖着疲惫不堪的身子，来到了海池尔家的院子里。

他从窗户里看见了一个小姑娘，她穿了一条红色的裙子，美得像一朵含苞的玫瑰。他能感觉到她的两束目光，像两只手一样怯怯地伸过来探问着，他压在内心的问候一下子向她打开。

羞涩的少女躲在彩色花格玻璃背后，不敢抬起头来。苏里坦看到了她披散的头发，发际线从正中间分成两半。

苏里坦站了一小会儿，小时候剃着阴阳头的小阿依在他眼前晃动，他仿佛听见有人叫他哥哥，转回头，彩色花格子玻璃窗内，那个红裙子的少女不见了。他在心里默念：那个曾经成天跟在我后面，闹着要玩“月亮追太阳”游戏的小女孩，快点追出来吧。

苏里坦刚想进屋，原本虚掩的屋门突然从里面紧闭。海翻译的身影匆匆地躲进门后。苏里坦轻轻敲了几下门，里面没有声息。在院子里站了一会儿，他不知何去何从。

单薄的衣服被风掀起来，脏污的鞋子踩在一堆驴粪上。那堆驴粪似乎在提醒他，他看见的其实是他的幻觉。他羞惭地低下头，心里一酸，沮丧地转过身离开那座大院子。

苏里坦走在风中，夜晚的冷风吹干了他的眼泪，月亮怕冷似的躲到云层里去了，暗淡的夜空只有几颗小小的星星在陪着他。

那天夜里，苏里坦找到离王宫不远的一条干沟，从附近抱了一些麦草，铺在干沟的一个涵洞里，把外套脱下来盖在身上睡了。

早上起来，苏里坦觉得身边热乎乎的，一只瘸了一条腿的流浪狗似乎把他当作了自己的主人，趴在他的身边睡得正香，旁边是几块羊骨头和吃剩的馕的碎渣。

第四节　回到出生地

苏里坦回到了他的出生地克孜利亚尔（汉语：红土崖），来到亲生父亲家，他第一个去看的是那个父亲挖的地窖，那里面藏着几年来父亲从王宫一点一点背回来的财宝。王宫的财产被没收了，他把希望寄托在家里的那点金银玉器上，或许那些东西能使他和父亲免于困境。

当他跑到屋子的墙角，看到的却是一个塌陷的大坑，地窖已经被掀开了，地窖里的东西被洗劫一空。父亲牵着驴让驴饮水，看到他飞快地奔过来，丢开驴缰绳，抱住他，抖动着灰白的胡子，老泪纵横。

麦王在位的时候，有很多人向王宫进贡马牛羊和上等的丝绸、布匹，朝廷隔几年也因为麦王护卫边疆有功，赏赐上万两金银和不少财宝，金盘子、银碗、瓷器、玉器、红木家具，要多少有多少。清朝的皇帝退位后，国民政府维系亲王世袭制，但麦王嗅到世道有变，王室以后的排场不会持续，他开始将得来的一部分金银、玉器和瓷器留出来，以备不时之需。

隔一段时间，麦王都会让他的弟弟、苏里坦的亲生父亲麦麦提，到王宫接苏里坦回去，借机装一些金银，让麦麦提背回去秘密保存在乡下。麦麦提嘱咐苏里坦，这件事不能让任何人知道，包括新王后阿米娜。在他看来，阿米娜王后是个极其奢华的女人，她的每个纽扣恨不得都用金子做。他担心那些衣服上的金纽扣，在阿米娜不注意的时候，会一颗一颗被人剪下来偷走。

为了存放那些金银、瓷器，麦麦提挖了半年，挖通了一个很深的秘密地窖，直到家里的梯子够不到窖口，他才停止了挖凿。地窖入口藏在屋子拐角的墙根下面。麦麦提把下地窖的梯子藏在炕洞里，只有苏里坦来了，他才会把梯子从炕洞里抽出来。麦麦提说，要是有人发现了梯子，找到了地窖入口，下到地窖里，只要抽掉梯子，盖上地窖口，他们就别想活着上来。地窖里的沼气，能在喘三口气的工夫，把活人憋死。

梯子在炕洞里被熏得很黑，苏里坦每爬一次梯子，手上、脸上就要黑几天，到了王宫佣人说，这孩子晒多了乡下的太阳，每次回来，就像在炕洞里熏了好几天。听到炕洞，苏里坦就一惊，生怕他们知道了父亲藏梯子的地方。

苏里坦把担心告诉父亲，父亲果断地劈开那根胡杨木的梯子，当柴火烧了，改用牛皮绳子吊着苏里坦下去藏金银。

地窖洞口留得很小，平时用一个巨大的木头墩子挡着，木头墩子上堆着废弃生锈的马笼头，裂开的驴膗子，还有断裂的稻草绳，上面沾满灰尘和鸡屎。苏里坦每次藏了钱币后，都会把干了的鸡屎、鸟粪撒在木墩子上的陈年烂稻草上，作为无人来动过这里的标记。

麦麦提移开巨石一样的木墩子，把装了钱币的布袋子扔下地窖，用牛皮绳子绑住苏里坦的腰，让他先把脚伸进去，再侧着肩膀，钻进地窖口。苏里坦拽着牛皮绳子，就像一个水桶一样被悬吊着，一寸一寸地往下坠，他眼前越来越黑，浑身的血越来越凉，苏里坦的脚慢慢地触到了柴草和松软的土，他的手向四周摸过去，除了黑暗，什么也摸不到，皮袋子里的金币也是黑暗的。苏里坦解开布袋子，凑到跟前，靠触摸分辨上次盖在柴草底下的皮袋子。每次往皮袋子里装好钱币后，他摸索着扎好袋子口，重新埋回到沙土里，再盖上柴草。在黑暗里埋皮囊的感觉，像埋一个死人，漆黑的地窖里，他感觉自己在掩埋自己。当他每次在冷颤中被吊离地窖，看到窖口的阳光，呼吸到空气，他都觉得自己似乎死过一次。

“我的孩子，你在打哆嗦，多下几次，就不觉得害怕了。”麦麦提安慰儿子。

“我冷，觉得自己差点死在地窖里了。”

“孩子，地窖口开着，你不会憋坏的。”

“辛辛苦苦攒钱，就是为了埋在这样的土坑里吗？像埋死了的先王一样？”苏里坦觉得很害怕。

“孩子，死亡就是你在地上的影子，跟你很亲近，难道你害怕自己的影子吗？”

现在埋在土里的金银财宝全都没了。苏里坦看着父亲跪在地窖口流泪。

驴子嗅着地窖里翻出来的干柴和稻草，打了一个喷嚏。麦麦提停止了哭泣，捡起驴缰绳，把驴子拴在一边，对着地窖吐了一口唾沫："孩子，钱财相比性命就是粪土，我们活着就是安拉最大的恩赐。"

"父亲，这是谁干的？他们没有为难你吧。"

"不知道是哪里的贼偷的，我一觉醒来，地窖就成了一个空空的大坑。"

苏里坦站在地窖边，他心里唯一的一点念想，肥皂泡一样在干烈刺眼的太阳底下无声地破灭了。他跟地上的影子相对站着，影子矮矮的，比平时要黑。

苏里坦开始跟父亲去放羊，直到这一天，古尔班大叔受王后之托，来找苏里坦，要送他去迪化。

第三章　去迪化

第一节　去迪化

古尔班大叔虔诚地跪坐在路边的沙地里，沙子松软地围裹着他，苏里坦距古尔班大叔不远不近地跪着，保持做礼拜的可靠距离。四处扩张的野风像是被什么东西镇住了，四野似乎愣了一下，寂静下来，苏里坦感觉他和大叔似乎被幽闭在巨大的空旷里，古尔班大叔带着祈求的诵经声在旷野里轰鸣，震颤着薄薄的晨暮。仿佛是这晓礼的声音把天幕渐渐拉开，诵经声唤醒的天光泼洒下来，一线深深的暖意从高处降落，照在古尔班大叔的后背上，照临礼拜毯。一阵旋风卷过狂野，苏里坦清清嗓子，迎着风张大嘴巴，他听见自己的声音像窄窄的小河追着一条大河那样，跟古尔班浑厚的声音汇聚在一起，追着一阵旋风苍莽远去……

做完了晨礼，风又开始呼呼作响，古尔班大叔甩开鞭子，赶着马车继续赶路。苏里坦坐在马车上，古尔班大叔宽阔的后背，为苏里坦挡着旷野尖利的风沙。

歌声从古尔班大叔浓密的胡须里飘出来，他长长的胡子和他的长长的袷袢一起，被戈壁干燥的秋风吹得上下翻飞，土白的袷袢上粗粗的蓝色竖条一根根向着四野飘飞，似乎他袷袢上的蓝色竖条指向哪里，他的歌声就流向哪里。那一条条蓝色真宽阔，像一条条道路或者河流，通向远方的路。马车沿着眼前的路咔哒咔哒地行进在茫茫戈壁上。苏里坦佩服古尔班大叔能在那么多路中，认得准通向迪化的路，两匹马昂首挺胸，目光坚毅，似乎知道目的地在很远的地方，在古尔班大叔的鞭子声里甩开四蹄不懈怠地向前奔跑。

古尔班大叔用长袷袢裹紧身子的时候，歌声就缩回到他的袷袢里面，再沿着他的胡子倒回他的喉咙，被他锁进肚子里。恰好这个时候，苏里坦的肚子完全空了，早上吃的那半个馕的威力已经慢慢减弱，古尔班大叔的那些歌声似乎要回到它出发的地方，重新去填充被唱空了的肚腹。

古尔班大叔努力收紧睡觉也不离身的缠腰布，里面包裹着盘缠。那条离开柯卡城时洁白的缠腰布，已经变旧变黄，上面留下他一次次解开缠紧后的一道道折痕和污垢，这一路的风尘，似乎都争抢着在上面留下斑斑点点的痕迹。

为了盘缠不落入其他人的缠腰带，古尔班大叔每夜都让盘缠紧紧地贴在他的肚子上。夜晚几十个人一起住在客栈的大炕上，他总是最先抢占靠墙的位置，然后用苏里坦的身体把他和其他住客隔开。

每住一次客栈，苏里坦都闻着一群陌生人的气味入睡。客栈里疲惫的住客粗重的呼吸声、呼噜声，夹在外面的风声和狼嚎中，更显出戈壁野店的荒寂。

赶路的人们并不因为路途辛苦，就撇了一天五番乃玛孜，他们天不亮就起来净身做晓礼，然后匆忙吃了东西，准备出行。出客栈以前，古尔班大叔给牲口饮足了水，苏里坦要给随身带的葫芦和皮袋子灌满了路上饮用的水。

古尔班大叔从不在客栈花住店和马饲料以外的钱。早上打开炒面袋子，用滚烫的水冲一碗油茶（用羊油炒熟了的麦粉，加了芝麻、核桃粉等，用开水冲泡后变成粥糊状的一种食物），美美地吃上一顿，然后出发。

车上装着大馕的麻袋慢慢变矮，装着柴火板的麻袋还是鼓鼓的，苏里坦坐在上面可以看得很高很远。古尔班大叔不希望加快袋子们变矮的速度，这些柴火板是用来在降温降雪时取暖用的。有时候，路上找不到客栈，古尔班大叔和苏里坦需要开水冲泡油茶，只要路边能捡拾到索索柴和红柳，就绝不会动用柴火板。他们带了足够多的油茶和馕，车上要坐人，装不下太多的柴火，只有省着用。戈壁滩上可以烧的柴很少，离路边不远的骆驼刺、白刺，被路人铲起来烧了，一望无际的旷野上只有沙子和石头。

"我的骨头颠得散架了，肠子都要颠出来了。"本来像搓衣板一样的路，开始变得像长了大大小小的瘤子，马车的颠簸让苏里坦浑身不适，感觉屁股都要颠开花了。

"木头做的马车还没有散架，难道真主给你的骨头会散架吗？我的孩子，肠子是不会颠出来的，倒是有可能把你的屎尿颠出来。"古尔班大叔的胡子在他不满的时候总是滑稽地翘起来。

"马跑得比平时快了起来。"

“它似乎闻到了水汽，前面应该有条河。”

马拉着车跑了半晌，果然有条河横在远处。这条河一边是高高的土崖，一边是乱石滩。在戈壁上见到水真不容易，在路上有时候马一天喝不到一口水。这样的时候，就要把皮袋子里人喝的水省出来给马喝。

古尔班大叔在浅滩上的野柳树上拴了马，让马先饮水。苏里坦从车上的馕袋子里拿出一个大馕，馕已经硬得像石块一样。古尔班大叔接过馕，用力地向河水上游抛出去几十米远，然后开始蹲下来洗手洗脸。等馕飘过来时，他已经洗好了，接住河里的馕，掰开一小半递给苏里坦，馕在河水里泡得很软，轻轻一咬就在嘴里化开了。

填饱了肚子，古尔班大叔去野柳林后面小净，回来从马车上拿出礼拜毯，铺在碎石滩上做宵礼，天色在古尔班大叔的诵经声里越来越暗。宵礼的诵经声渐渐地把天幕合上。

宵礼下来，古尔班大叔吩咐苏里坦在葫芦和皮袋子里装满水，连夜赶路，“我记得这一带除了刚才过了的那条河，附近没有河水，也没有客栈可以歇息。”

“我们走了多少天了，应该快到迪化了吧？”

“我们出来三十六天了，我想我们只要顺利地穿过了这片野柳林，再走上一天就可以到迪化了。愿安拉保佑我们。”古尔班大叔诵《古兰经》的声音在风中低回。

路两边大片大片的野柳林密密地覆盖着盐碱滩，天色越来越暗。古尔班大叔的鞭子频频地落在马背上。

夜黑透了，风在半空游走，震颤着低低的夜幕，怕黑的野柳树弓起背，像是要从地上拔腿逃走。苏里坦坐在柴火的麻袋上，仿佛被一个巨人举在半空。野柳树梢在他头顶打着旋，拼命把他的头发往上旋，像是要旋到黑色的天幕里。麻袋一颠，眼前的树就被惊得抖动，树叶像他身上的汗毛刷刷地竖起来，马的鬃毛黑云一样掠过翻滚的野柳，旷野上的风惊魂未定。

“好多年不做生意，也不走这条古道了，路边野柳林茂盛了很多，这在古时候就是商人们运送丝绸的路。秋天这片野柳林很干旱，现在我好像闻到了浓重的水汽，这两匹牲口该不会拉错了路吧。”古尔班大叔挥挥鞭子，似乎在问两匹马。

马车从颠簸行进变成了打着趔趄前行。黄羊从马车前蹦跳而过，惊飞的野鸡、野兔，像暗夜里的精灵倏然隐现在路的尽头。

“我们闯进了一片看不清的地方。”古尔班大叔抖动着长胡子，拼命地挥动手里的鞭子，辕马用尽力气拉车，累得东倒西歪，车轮几乎纹丝不动。

“这里被水冲淹过，车轮陷进泥巴里了。”古尔班大叔从马车尾部蹭下去，“你坐着别动，我下去推车。”

拉车的那匹马用力过猛，摔倒在泥沼中，随着车一起慢慢下陷。

“泥巴太深，漫上膝盖了，车动不了。”

古尔班大叔将馕袋子和柴火袋子绑在一起，变成一个褡裢搭在马背上，再解下备用的那匹马，把车上的被褥搭在马背上，让苏里坦趴在马背上，把他跟馕袋子、柴火袋子捆在一起，然后用鞭子打马，让它拔出蹄子往前走。

古尔班大叔用麻绳将两块柴火板绑在脚上。马的四蹄歪歪斜斜地往前踏，苏里坦不断地回头去看，古尔班大叔脚上绑着木板，手里捏着木板，在泥沼中匍匐着前行。

“往前走，用力踢马肚子，不要下马，不要回头看，不然你和马都得陷进去。”风把古尔班大叔的喊声送到苏里坦的耳朵边，就像一把沙子呼呼地掠过他，旋即向着远处飞散了。

苏里坦努力蹬了蹬马肚子，马深一蹄子浅一蹄子趔趔趄趄往前走。马驮着苏里坦走到了干燥的地方，马蹄在龟裂的地面发出嘎达嘎达的敲击声，苏里坦脱离泥沼了。古尔班大叔在泥沼中间，用全部身子贴着泥地往苏里坦这边爬过来。

苏里坦回头只见身后的马车在泥沼中已经陷得只剩下小半个轮子，马头和马耳朵竖在夜幕的泥沼里，像是从地里长出两瓣仙人掌的叶子。

“我们的马，还有马车……”苏里坦看着下陷的马和马车呜咽着。

古尔班大叔泥人一样从泥沼里爬出来，胡子粘成了一撮泥锥子。他上下牙齿打着颤，咕哝声从胡子里传出来，“为我们的马祈祷吧，它只能送我们到这里了。孩子别难过，找一个地方，我们把身上的泥巴清理干净，好好歇一晚再上路。”

古尔班大叔找到了一个背风的大坑，把麻袋里的柴火板拿出来，从帽子里取出一盒用塑料纸一层层包裹着的洋火，点燃了一堆篝火。俩人围着篝火将身子和衣服烤干，把衣服上凝结的泥巴揉搓拍打干净。苏里坦借着火光里依稀看出，衣服上留下了泥巴脱落后留下的污渍，污渍周围是一圈圈的盐碱。

古尔班大叔舔了舔赤裸的胳膊，“这个泥沼里的泥，像盐一样咸。”

“是汗吧。”

“你看这些白颜色的小疙瘩，一粒一粒的，结在衣服和身体上。我怀疑这里不是泥沼，是一片盐碱湖。”

苏里坦紧挨着古尔班大叔躺在烤干的被褥里，天当屋子地当床，仰面看天，天上的星星像一个个灯盏挂在天上，苏里坦眯起眼睛，那些灯盏像是要从天上砸下来，随时都会点燃他和古尔班大叔躺着的大地。苏里坦听着戈壁的风声呼呼地啸叫，从大坑边缘掠过，剩下的那匹马孤单站在夜色里，时不时警觉地竖起耳朵、打个响鼻，好像在怀念留在泥沼里的伙伴。

苏里坦也怀念着那匹马，还有越来越远的柯卡城。他闭上眼睛，眼前清晰地浮现出阿依和海池尔的影子，他仿佛觉得她们都在很远的地方寻找他、呼唤他，风把她们的声音吹送到他的耳边，渐渐地，苏里坦在无边的冥想和古尔班大叔的祷告声覆盖下睡着了。

醒来，阳光像麦芒一样刺过来，天已经大亮。苏里坦睁开眼睛，闻到了油茶的味道。

晨光中，苏里坦看见古尔班大叔用三块石头围起的小灶，上面架着的铁壶里，水嘶嘶冒着热气，大叔一手端着油茶，一手拿着一大块馕，看到他醒来，大叔快活地朝他挤挤眉眼，长长的胡须随着咀嚼食物的节奏，一颤一颤，一副得意的样子。

从柯卡出来的第三十七天，苏里坦和古尔班大叔骑着马进入了迪化。这天早晨，他们在路边的河里给马饮足了水，脱掉身上的脏衣服在河里洗了，换上了干净的袷袢。古尔班大叔带着苏里坦大摇大摆地走进一个干净的饭庄，解下已经变黑的缠腰布，抖出银票，买了两盘抓饭，那抓饭的味道，胜过了苏里坦在王宫从小到大吃到的最好的食物的味道。

第二节　在迪化

苏里坦乘坐柯卡生意人古尔班大叔的马车，走了一个多月才到迪化，送他去迪化，说是为了让他去读书，而真正支撑苏里坦战胜路途的困顿，不畏险阻去迪化的，是可以看见他的父王。

那天，走进迪化监狱的办公处，苏里坦仿佛走进了一个恐怖的剧场，他感觉自己站在一个空旷的舞台上，他似乎预感到，从此他人生这台演出开始了。

他被带到了一个穿着中山装，留着山羊胡子的汉族男人面前，“山羊胡子”的第一句问话，让苏里坦想到麦王常问他的那句：

“你长大了，想不想做王。”

“我想见我的父王。”

“你父王被苏联人抓走了。”

“我只想见到父王。”

“你爷爷的爷爷的爷爷的爷爷就是王。你父亲是王，所以你以后也要做王。”

“当王有什么好？”苏里坦憋着满肚子眼泪。

“所有人都会向你低头。”

“我不想当王。我想见我的父王。”苏里坦知道这个人在撒谎。他不会在父王面前低头，将来也不可能在自己面前低头。

“你来迪化是为了什么？”

“见父王。”

“你先答应去读书，就会见到你父王。”

“你们不会骗我？”

“你愿意吗？”

“只要我读完就可以见到父王，我就愿意去读书。”

“读书是要掏钱的，每月伙食费、理发、洗澡加零花钱。差不多三十块钱吧。你有钱读书吗？”

“没有。王宫都已经没收了，我们没钱付。”

“我可以给你钱，供你读书。你要好好学习，小学毕业后我会直接送你上中学，然后上大学，大学毕业还可以把你送到口里去学习，你将来会成为一个比你父王还要厉害的人物。

“我想见我父王。”

“你先去读书，等苏联人放了他，我就接你去见他。”

“我想见父王，家里人说他被关在这里。这么久没有他的消息，我要见我的父王，对家人有个交代。”

“我问了监狱长，你父亲不是我们抓的，是苏联军队。现在他人还在苏联，不在迪化。我们这里没有人。只有一些你父王留下的东西，可以拿给你，让你交代给你的家人。”

父王留下的东西？苏里坦心里突然不安。

“好，这是麦王的东西，你拿回去交代家人吧！”

苏里坦从“山羊胡子”手里接过父王的照片，一件深绿色布面的羊皮大衣，一件白色的衬衣，一条棕色的裤子，一支木柄上装饰象牙和宝石的马鞭。照片上麦王留着威风的八字胡，背着手，牵着马，马鞭和马的缰绳，在他的身后隐现。

麦王身上的这些东西，把麦王的信息一下子灌输到了苏里坦的脑子里。直觉告诉他，麦王就是他们抓的，而且，麦王很可能被害了。这是他的第一个反应。他们在说假话，但是他不敢说出自己的真实想法。

苏里坦最后一次见麦王的时候，麦王穿着那条棕色的裤子，白色衬衫，深绿色布面的羊皮大衣，他只有在出门的时候才穿这身衣服。

绿色代表生命的尊严，是荣耀，是真主赐予的幸运颜色。麦王让画师在王宫前为苏里坦画第一幅画像时，苏里坦就穿着麦王特地为他定做的一身深绿色中山装。麦王留下的这幅他自己的半身画像上，他穿的也是深绿色的羊皮大衣。象征生命的绿色，转眼成了死亡的颜色，捧在苏里坦的手中……麦王一生都爱绿色，这件麦王留下的羊羔毛皮里子的深绿色布面大衣就是照片上的那件。在苏里坦的心里，麦王是绿色的，像一棵挺拔的青杨树。

“好了，现在你可以走了。”“山羊胡子”摆摆手，示意警卫把他带出去。

苏里坦感觉自己走下了舞台，厚厚的幕布在身后重重地合上。

在那一刹他那有点恍惚，他一直认为那是一场梦境：

他觉得自己瞬间变得跟父王一样老，而父王成了穿着深绿色中山装的男孩，站在王宫门前的牌子下面等他回去。也许留下照片和深绿色大衣离开的那个人不是父王，而是他，此刻是父王怀抱着他的照片和衣服站在门口，恍惚中，他不知道是自己的魂魄离开了他，替父王去赴死，还是父王的魂从画框和皮大衣里钻出来，依附在他青涩的身体上。

麦王的鞭子，这就是他看见麦王骑马时，带在身边的那一支，现在它怎么会变得那么短小？原来在苏里坦的眼里，它酷似一把长剑。

苏里坦恍然觉得自己站在一个漆黑的舞台上，追光打在麦王脸上。麦王就站在他面前："孩子，有人让你枪毙我，你也不要眨眼睛，更不能哭！盛世才杀了我，下令让你来读书，我的孩子，你必须先见过这个有着杀父之仇的人，从他那里领取钱去读书。"

"父王，他们是我的仇人。你教过我，对待仇人要拔出刀剑。"

"不，那样柯卡就没有王了，一座城重要，还是一个人的性命重要？"

"父王，你的性命不是一个人的，它是属于柯卡城的，比一座城还要重要，他们不能杀了你……”

“父王！”苏里坦在梦里一般大喊着。他突然发现，浑身被奇痒围攻，那些痒像一把跳蚤，从他的衣领灌进他的衣服里，扑过来袭击他的身体，大片的风疹块，一阵一阵从他的皮肤上凸起来。他的呼吸开始变得困难，心脏像秤砣一样往下坠，拉得他快要倒下去，他用力把沉下去的秤砣往上提，提到了嗓子眼上，嗓子被秤砣堵住，脑子开始犯晕，屋子的四堵墙像是要倒下来。相片和羊皮大衣顺着他的手往下滑，一阵哆嗦提醒他竭力拉住它们。

他听见了一阵枪声。比起晕眩，苏里坦更害怕此时此刻听到的任何声音，他的魂魄已经不在他身上，任何声响都会惊跑它，他不敢动，不敢出声，也不敢掉眼泪，他甚至没有眼泪，只有浑身的冷汗在冒。他努力稳住怀里揣的失重的秤砣一样摆荡的心脏。他发软的双腿无力地跪倒在地上，一心求安拉保佑。

苏里坦的腿脚像灌满了生铁水一样沉重，膝盖像是陷在一大片泥沼里，难以自拔。他发现自己跪着。古尔班大叔同情地看着他，接过他手里麦王的衣服，帮他擦掉眼泪，拽他起来，说先送他到迪化的姑姑家缓一缓再去学校。苏里坦一想到去姑姑家可以见到母后，似乎又获得了一种力量，把自己的膝盖连同魂魄，从那间阴森的大门口的地上艰难地拔了起来。

第三节　学校里的日子

苏里坦在姑姑家与她的儿子约好，隔一个礼拜天的中午，各自从学校出发，走两公里半的路，在一家清真饭馆吃一顿饭。姑姑家很远，要坐半天的马车，姑姑的儿子在迪化的另一所学校住校。苏里坦学校里的生活艰苦而又单调，最要命的是疯长个子的时期，却吃不饱肚子。

苏里坦每次跟姑姑的儿子一起吃饭，两个人只要一碗馄饨解馋，再讨一碗面汤，买两个馕泡在面汤里。面汤里有股馄饨味，闻着馄饨味，吃着泡的馕，效果跟吃馄饨差不多，两个人用气味安慰着自己，喝着热乎乎的汤，喝出一身热汗。跟亲人一起吃饭的那种感觉，让苏里坦肠胃舒展了一些，苏里坦用肚子里的一堆面，盖住平时在学校随米饭吃下的那些稻糠，肠子多少能安宁上几天。

学校里的饭是定量的，每顿填进肚子里去的东西不够半饱。半生不熟的米饭，饿极了也就顾不了那么多了。学校的米饭里有一半是带壳的稻子，苏里坦总担心稻芒扎进胃里。第一次吃饭，他边吃边捡，拣出小半碗带稻壳的米，结果饿了半天肚子。后来先是拣出来，觉得肚子不饱，再从桌子上捡起来强咽下去，吃得喉头发梗，像咽下一把碎石子。有经验的同学告诉他，合着米一起吃，闭着眼也就咽下了，单吃稻壳会卡在喉咙里。慢慢地，他学会了用开水往下灌稻壳米饭。

在学校，苏里坦几乎不敢回想王宫里的生活，那些精致美味的馄饨，羊肉和洋葱剁在一起拌上孜然的馅子，放了白胡椒的羊肉汤里，蔓菁炖得绵软如泥，上面飘着让人心里发颤的油花和翠绿的碎薄荷叶。记忆一次次被想象加固后，洋葱羊肉馄饨成了他最想念的食物。

学校发了一身粗布的棉衣棉裤和一身单衣单裤，棉衣裤往下掉带籽的棉花，掉下一团，苏里坦就捡起来，塞进透风的地方，好再挡一挡寒气。冬天天气太冷，苏里坦干脆把单衣单裤罩在棉衣棉裤上。到了春天，单衣单裤已经洗出很多网眼，可以钻过虱子。

最尴尬的是到了初夏，裤子短了一截，掉在腿肚子上，苏里坦不停地把袜子往上拉，好遮住裸露的小腿，袜子偏偏拉破了，只好找块破布像打绑腿一样缠在腿上，裹着这样的裹腿布，苏里坦不好意思再上街跟堂哥一起吃馄饨，也不敢从人前走过，见了人，总是躲在一旁，趁人家不注意时再快步跑过去。

在学校里好不容易熬过了两年，到了第二年夏天，苏里坦突然发起高烧，学校让他自己联系亲属找医院去治疗。姑姑的儿子比他早一年毕业，已经不在学校了，他只有去姑姑家里。苏里坦在巴扎（维吾尔语：街市）上找了一个赶车的大爷，让他把自己拉到姑姑家的那条街上。下了马车，他凭借记忆找遍了那条破旧的巷子，最后找到了那个门牌号。院门上令他绝望地挂着一把铁锁，看来主人不经常出门，黑乎乎、锈斑斑的铁锁上,没有经常摩擦形成的光亮，这次出门一定有十分要紧的事情，他担心姑姑一时半会回不来，自己连回学校的钱都没了。

苏里坦觉得身体里的水分快要被太阳晒干了，发热的身体像一截被点燃的木头，他的眼睛在不断迸发飞溅出火星子。他用力眨掉眼皮上那些火星子，瞥见院门一侧有个废弃的马车架子。他用仅剩的一点意识，做了意识沉入黑暗之前的最后一次判断：必须再走几步，走到车架子那里去。他强忍住后腰的酸痛，向前挪动了几步，靠近车辕后，他眯着眼睛，像抓住失明前最后一丝光亮一样，抓住了车架子，用残存的体力，把自己扔在车架子上。

从他站的地方，到车架子，仿佛隔着一条鸿沟或湍急的河，他感觉自己用力一跃，像奋力跨过一条巨大河流那样，刚跨过去，意识就被接踵而来的黑暗卷走了。

他醒来后，第一个判断是，耳边有一个女人的声音，充满慈爱和忧伤；“孩子，我可怜的孩子……”他闭着眼睛，心想这一定是一个梦境，他梦到了妈妈。他从未听到过妈妈的声音，他出生的那天，妈妈就难产而亡了。他仿佛在母腹中，听到了妈妈在呼唤他的声音。

“也许我已经死了，在天堂里听到了母亲的声音，这是我无数次想象过的声音，妈妈在对我说话。死了就死了吧，只要能见到妈妈。”他糊里糊涂地想。

“我的孩子，你是怎么找到妈妈的”。

真主啊，他真的听到了母亲的声音了。

“妈妈！”苏里坦努力想睁开眼睛，想看看妈妈，他眼前一片血色。

连接他与妈妈的脐带，被剪断了。妈妈把他甩到这个世界走了。他的至亲血亲，第一个甩下他的女人。那时候他还不知道，来到他身边的女人，会一个个甩下他决然离开。

诞生和死亡，一定要同时发生吗？他要用第一声啼哭，宣布母亲的死亡，这是命中注定的吗？他滚落到这个世界上，浑身还沾满母体的羊水和热血，妈妈的血液和身体却慢慢冷却了。婴儿哭着来到这个世界上，那是向母亲宣布自己的到来，而他不是，他用哭声为母亲送葬。当他在摇篮里啼哭的时刻，母亲的身体被白布裹缠，放入冰冷的墓穴。

每次想象母亲生他时，难产大出血的场景，苏里坦都会全身奇痒，胸闷气短，甚至晕厥。他在古丽波斯坦母后难产而亡时看到的那幅景象，跟自己想象中亲生母亲生他时大出血的情形交叠在一起，他分不清那个站在炕前大哭的自己，是为母后的死而哀恸，还是为自己亲生母亲生他时的场面而哀恸。母后的血从她盖着的白布里鲜红地印出来，慢慢地漫延开，他仿佛看见了亲生母亲的身体躺在血泊中。像是神秘的遗传，或者某种血缘感应，这个场景依赖血液的颜色，带着浓烈的血腥味，在他脑子里牢牢地扎下了根。

母亲去世两年后，苏里坦被抱到了一个红色的宫殿，人们试图用红色围裹他的世界。其实，后来他才知道，那时候，麦王刚刚娶了古丽波斯坦王后不久，宫里的一切都被布置成红色的。

在他眼前，除了亲人们头上和腰间系的白纱，房屋中的帐帘全是红色的。窗户和门是红色的，墙上的围布是红色的，他的衣服和被褥是红色的，亲人们看他的眼光是红色的，他们的眼泪是红色的。他们压低了嗓门的抽噎和哭泣声也是红色的。

房屋里的红色让幼小的他压抑、愤怒、恐惧、绝望、哀恸，唯有亲人们头顶和腰间的那一抹洁白，让他感到亲切和放松。

诞生注定是红色的吗？血一样带着腥味的红色。

他眼里的死亡是白色的，是一片接近空茫的白。生长应该是什么颜色的？是野草一样的绿色吗？

他期待着以他的死亡为代价，踏进天堂之门，去认领早逝的母亲。他一直期待再诞生一次，母亲亲手将他裹进襁褓，用洁白的裹布裹着他，给他喂奶。他觉得自己回到了婴儿期，他放心地在母亲裙子上遗尿，他感觉身子底下扑簌簌地湿了……

第四节　姑姑家

苏里坦眼皮上的红，旋即被一团漆黑覆盖，他的世界从暗红转入漆黑。他惊恐地想睁开眼睛，让眼珠重新滚落到这个世界上，他想找寻一块没有被红色墙幔遮盖的白墙。有一线光亮切断笼罩一切的红雾，那束白光从红色的缝隙里露出来，倾斜在摇篮前。

那一束白是圣光，无论白天、黑夜，它都亮在那里，照射着他的眼睛。他想用嘴巴牢牢衔住那一束白，他想用目光紧紧咬住那一束白，他想用手去抓住那一束白。

他看到了一把长刀，一把祖上传下来的长刀，挂在墙上一块完整的虎皮上，像挂在一只威风凛凛的老虎身上。旁边挂着麦王的像，他背在背后的手，牵着那匹蒙古马，穿着毛呢大氅，虎虎生威。

无论屋子里收纳了多少红色，它都闪着雪亮的银光，永远不会改变颜色。它成了这屋子里唯一不变的光亮，老虎似乎盯着他，刀锋上的寒光擦拭他的眼睛，他的眼睛被它的光芒一天天擦亮。

睁开眼睛，哪怕是在漆黑的夜里醒来，只要看到它，他就抛开了恐惧，充满了安全感，就像一个被抛在茫茫沙海里的信徒，抬眼看见了清真寺顶上一弯象牙白的新月。

他的祖辈都有过英雄的传奇，他们用这把长刀砍下了叛贼的脑袋，他担心自己无法握住这把英雄的长刀，祖辈血液里的这种珍贵的品质，将要随他而逝。

他记得他出生的地方就叫克孜利亚尔。这是宿命，一个人摆脱不了他的出身，他一生摆脱不了让他紧张的克孜利亚尔。从懂事起，他就让家人给他做白色的衬衣，绿色的衣服和裤子，他从王宫明晃晃的镜子里，看见一个拘谨地走动的绿衣男孩。

王宫有高大的围墙，大门两边竖挂着气派的木牌子，刚来的时候，他不认识上面的字，可他知道那是跟《古兰经》里的文字一样的字母。有这样显赫挂牌的人家，在这座柯卡城里只有他的家族。

父王不再穿满族王爷服饰，换上挺括的俄式呢子大衣，戴着水貂皮的帽子，拥着华贵的狐狸皮领子，脚蹬柯卡做工最精良的长腰翻毛皮靴，王宫出出进进的都是各地来的有头有脸的人物，头戴着维吾尔族皮帽或毡帽，大阿訇们裹着小山一样的缠巾。女眷多半是亲戚，蒙着华丽的巴基斯坦面纱，身穿暗底绣了金线的土耳其袍子，浑身金光闪闪，面料很像家里祖父那台从俄罗斯带来的收音机的音箱布。

来人恭恭敬敬给父王行礼，问萨拉姆，叫他王爷。

王爷就是在柯卡这地方最大的名号。从两百多年前开始，麦王爷爷的爷爷的爷爷的爷爷都是王。

父王抚着八字胡说，你长大了，也要做王。

当王有什么好?

所有人都会听你的。

我不想当王。

孩子，那你想要什么?

我想要墙上那把长刀。

当了王，这把长刀传给你。

父王从墙上的虎皮壁挂上取下那把长刀，让他摸那褐色的镶了红宝石的刀柄。父王捻下一根胡须，吹一口气，让胡子飘向锃亮的刀锋，胡子在空气里化作两段飞起来。

父王说，这把长刀是爷爷的爷爷的爷爷留下来的，在战场上用它割断叛贼的咽喉，就像割断这根胡子一样。

父王似乎能猜到他的想法，把苏里坦的脸贴在自己的八字胡上，他亲吻苏里坦时，每根胡子都在他脸蛋上愉悦地颤抖。

这一天，是苏里坦十岁的生日，画师为他在王宫门前"世袭郡王宫"的竖牌旁，留下了第一幅画像，他穿着最喜爱的那身绿色中山装，戴着黑白图案的维吾尔小花帽。

苏里坦羡慕祖先们举着这把长刀平叛贼、守疆土。他想有一天能举着长刀，穿上像祖先们画像里那样的戎装，守卫柯卡城。

……克孜利亚尔，红色的崖，那就是他的出生地，那道红色的峡谷，像是母亲生他时用血染红的……他高颂着："当我跨过沉沦的一切，向着永恒进发的时候，我的母亲，你血一样的红色，就是我的军旗……”

他感觉到光线像无数银色的针尖、金色的麦芒扑过来，扎向他的眼球，阻止他睁开眼睛。受惊的眼球，本能地想帮助耳朵证实这一切是不是真的。睡眠被掐灭，就像婴儿脐带被从母腹上剪断，梦被火烫了一样，冒着青烟，扭曲抽搐了几下，痉挛着往回缩，一丝粘连的脐带，牵拉着断开，弹弓上的橡皮筋似的往回弹，意识梦影般在他的大脑里烫出几个焦黄的洞，他眼前空白了一瞬，长长的梦魇消退了，紧接着他看见眼前坐着一个美丽的年轻女子，正将一只手放在了他的额头上。

他用力想了想，那是他的母后阿米娜。柯卡的记忆，忽然时近时远，一些人和事在眼前交错，他一阵头痛。

“孩子，你醒了？”

“母后，我腰痛得像快要断了一样，想起床起不来，所以尿在床上了。”苏里坦知道身子下面湿漉漉的，愧疚地对母后说。

“孩子，你不是尿床，你一直在尿血，发高烧昏睡了两天两夜，不停地在做梦，说胡话。我们叫医生来看过，他说你得了肾炎，开了很多药，你需要好好调养。医生还担心你醒过来会失忆，怕你不认识母后了，也想不起自己是谁。”阿米娜说着，擦起眼泪来。她已经脱去了奢华的袍子，洗掉眼影和脂粉，去掉了那些珠光宝气的首饰，穿着普通维吾尔妇女宽大的艾黛莱斯裙，身上没有了那种浓烈的香料气息，原来极尽奢华的阿米娜母后，在苏里坦眼里变成了一位贤良的母亲。

“我做梦见到父王亲了我。”苏里坦神思恍惚，眼泪扑簌簌地落在枕头上。

“我的孩子，想念你的父王了吧。不哭，我在这里。”母后扶起他，亲吻他的额头。他眼前快要熄灭的红烛火焰跳跃起来，蹿起了热烈的火花，他的心跳随着那火焰的跃动加快了，热乎乎的泪珠在他脸上珍珠一样滚落，他分不清那眼泪是自己的，还是母后的。

“我的眼前一阵阵发黑。也许我快要死了，我只想让母亲抱着我，在母亲的怀里死去。”

“我的命根子，只要你好好活着，我们才有希望。”

“母后，我想吃阿勒哇（维吾尔族一种糊糊状的甜品）。”苏里坦突然想，也许这是自己生前最后的愿望了，他想趁自己还活着勇敢地将它表达出来。

“我的孩子，你想吃什么，我都亲手做给你吃。”母后破涕为笑。

苏里坦在姑姑家度过了来迪化后最幸福的时光，早上吃阿勒哇，中午吃黑羊的脾脏拌纯菜籽油，晚上用羊肉、蔓菁、胡萝卜炖汤。母后跪在他身边，一口一口地喂他，“孩子，每天吃黑羊的脾脏拌纯菜籽油，你的病就会好起来的，你就会有体力站起来……你是家族唯一的希望，你将来要代替你的父王做柯卡王，孩子，我们都爱你，愿安拉赐福你。”

“母后，父王才是当今的王。我还是个巴郎子，无法接替父王的担子。”

“我的巴郎，我和麦王最爱的就是你。从你两岁时抱进王宫，麦王就希望你是他的继承者。”

“为什么偏偏选我。我不是父王的亲生儿子，艾则孜才是他亲生的。”苏里坦感觉很惊异。头剧烈地疼，有些往事恍恍惚惚。

阿米娜帮助他回忆往事，“那天我进门就看到你躺在废弃的车架子上，晒着正午的毒日头。我和你姑父从父王的朋友那里，打听你父王的消息回来。不是苏联人，是盛督办，他把你父王抓去坐牢。我和亲友想方设法去搭救麦王，都无济于事。你父王已经被他们杀了。艾则孜在监狱重病缠身，为了不让艾则孜白白送命，也为了保全你，我只好对他们说出了真相，艾则孜不是你父王的儿子，甚至不是侄子，他和我们没有任何血缘关系，监狱这才答应放了他。条件是你必须到迪化来读书，上他们给你安排的汉语学校，将来继任王位。”母后开始抹眼泪。

这是两年来，第一次有人跟苏里坦说起麦王的事情。两年多以前的事，在他的记忆深处，似乎离得很遥远。但他却清楚地记得，当时来迪化的时候，他就已经预感到麦王不是被苏联人抓走的。

“难道杀了父王的人和供养我读书的人，都是盛督办？我不明白，他为什么还假惺惺地给我学费？”他问母后。

“孩子，许多事你长大了才能明白。”

苏里坦看着悲戚的母后，痛失亲人的命运，将他与这个高傲的女人拉近了，俩人就像亲母子一样，拥抱在一起放声大哭。

“我来迪化读书也没有白来，把艾则孜哥哥救了出去，我觉得也值了，母后不要伤心。”他安慰母后。

“我让你冒着危险，用你的命来换艾则孜的命，只怕你怪母后狠心。”母后如释重负地说。

“现在没事了，你看，他们并没有杀了我，让我读书。我在学校两年过得太窘迫，又经常担惊受怕，才得了病。”

“安拉让你恐惧，是让你学会保护自己。”

“艾则孜哥哥呢？”

“孩子，他已经到远方隐姓埋名了。你就忘了他吧。当他从来没有存在过。”

苏里坦心里对母后用他换艾则孜出狱，毫无责怪之意，可他有些疑惑，觉得其中还是有一些什么东西，让他似懂非懂：艾则孜不是他的哥哥，难怪麦王先收养了艾则孜，后来又抱养了他，还给他取了意味深长的名字苏里坦——王，他将是柯卡的王，这个名字，恐怕也是天意，不是父亲随意取的。麦王如果活着，一定是不想让血脉以外的人继承王位。他突然觉得，在这个名字里，家族对他赋予了某种使命，这就是不可违抗的天命吧。他预感到自己命运的凶与吉，都与自己进入这个“王”的家族有关。

第五节　青年组织

苏里坦病愈回到了学校后，收到了一封电报，柯卡县通知他回去继承王位。他回到姑姑家报信，母后一听说让他回去继承王位，欣喜地收拾东西，急着要带他回柯卡。

苏里坦在学校听说柯卡局势不好，他劝母后最好暂时在迪化姑姑家避一避。

“王宫没收了，咱们只有先回沙城。”母后回家心切。

“既然是让我做柯卡王，他们就应该把柯卡王宫归还给我们，他们不可能让我做一个没有安身之地的流浪王吧。”苏里坦愤愤不平地说。想到自己从海池尔家出来那一夜，跟一只流浪狗一起睡在大干沟的涵洞里，他心里立刻充满了怒火。

母后却如释重负：“不管怎么说，现在你和艾则孜总算平安了。反正他们已经下令，让你回到柯卡继承王位，我也放心了。那你就不要冒险，等形势好了，再回柯卡。”

阿米娜惦记着艾则孜归心似箭，决定先一步回沙城，她临走嘱咐苏里坦在迪化多留一段日子，处理好王宫一些财产的事情，以免回到柯卡城后没有地方安身。

阿米娜母后走后，苏里坦特意去拜见了新任的省长，请求归还盛世才没收的柯卡王家族的财产。省长当即下令立即修缮柯卡王宫归还苏里坦，并归还苏里坦家族的部分土地。

苏里坦住在姑姑家避风头，偶尔还会看到一些战士，举止文明、言行克制，他们装束跟盛世才的军队不一样。苏里坦隐隐地觉得，这些人将会对自己未来的命运产生一些影响。即将继承王位，他面对各种斗争心里很疑惑，他很想看清混乱的局势，为了确认什么才是自己以后可以依靠的力量，他对这支不同于盛世才的军队非常关注。

他第一次听到了一个词语“共产党”。他开始通过报纸、图书甚至大街小巷的消息，去了解这个组织。了解越多，他越有好感；越有好感，他就关注越多。

有天，他打听到共产党领导的青年组织有位同志来迪化。他特意打探到同志住的那家客店，特地前去拜访了他。这位同志很年轻，他很热情友好地接待了苏里坦，他们双方简要地介绍了自己的情况。

麦王的祖父伊明王是柯卡第十代世袭郡王，他当郡王二十三年，曾兼任乌城边关军事协台，掌握军政双权。他在乌城任职时，也在保护边疆安定方面，立下汗马功劳，受到朝廷重赏。

伊明亲王没有儿子，他的二弟有四个儿子，他收养二弟的长子麦尔丹为子，麦尔丹长大后，伊明亲王将亲生女儿古丽波斯坦嫁给麦尔丹，并向朝廷上奏，麦尔丹顺利获得了台吉的地位。伊明王去世后，麦王登上了王的宝座。清王朝统治结束以后，远在边疆的柯卡王府的影响力虽然持续衰退，但仍然为盛世才看重，也为社会各界看重。

麦王被抓后很长时间杳无音信，柯卡人请愿说王宫不能没有王。盛世才根据要求，给柯卡县县长下令，“选择麦王亲属中血缘最近、年纪最小的男孩继位柯卡王。”就这样，苏里坦得到了王位。

解放前夕，苏里坦设法在乌鲁木齐见了共产党的一个干部。这个干部介绍了他们的主义、主张和为全体老百姓谋利益的诉求。他告诉苏里坦，他早就关注到麦王和柯卡的历史，但没想到这里结识年轻的柯卡王。他说，新疆政治社会局势很快会好转了，会日趋稳定，新疆各族人民很快就能安居乐业了。

苏里坦第一次被人重视，并且因为当了王爷而被人寄予厚望。他听了很振奋，忍不住引用不久前从报纸上学到的新词，激动地说："我内心早就期待着新疆有新的变化，盼望新疆形势能稳定好转。"

这位同志说："我们要配合全国人民，推动中国共产党领导的革命早日取得胜利。希望您回到柯卡，也能关心支持当地的青年运动，对民众进行广泛的宣传。让柯卡百姓生活安定，是我们的所求，也是您和历代先王的愿望。"

苏里坦在失去父王、苦闷几年后，第一次觉得内心豁然开朗，好多疑团像温水里的冰块，被这位青年同志用耐心的解释化解开了。

苏里坦握住这位同志的手，表示愿意参加青年委员会，坚决支持共产党。他们相见恨晚，谈到深夜才依依惜别。

第四章　阿米娜

第一节　幼子换长子

早在麦王被抓时，柯卡城就有小道消息风传：艾则孜无耻地背叛了麦王，他虽年少而城府极深，他劝麦王回王宫，又假装陪着麦王逃难，却让麦王被活捉，这一切都是艾则孜的阴谋，他想害死父王，是为了自己早点登上王位。

阿米娜不相信这些小道消息。她觉得，自己比任何人都了解艾则孜。她更愿意相信迪化传来的另一个小道消息：麦王下落不明可能已遇害，艾则孜被关进牢里奄奄一息。

对她来说，苏里坦和艾则孜都是麦王的儿子，也是她以后的依靠，两个孩子在她心里的分量一样重，她希望他们两个都平安地活在世上。她不能在情感上偏斜他们中的任何一个，她知道，如果她做的选择是错误的，真主是不会宽恕她的，麦王的在天之灵也不会原谅她。

阿米娜去找王宫的经学府老师海翻译商量。海翻译家从他爷爷开始，一直在王宫服侍王族。到了海翻译这一代，不再全职在王宫做翻译，海翻译跟政府和军中许多要人有私交。关键的时刻，麦王都是找他商量一些王宫里的要事。

阿米娜问海翻译，如果麦王已经遇害，艾则孜为什么被关在牢里，而不是也被杀了？海翻译自信地表示：盛督办不会杀艾则孜，他们只是要改变他的一些偏见，让他变成他们满意的那样子。

阿米娜知道，艾则孜已经长大成人，体质瘦弱，但脑筋里固执己见，他不愿意接受自己不熟悉的东西，整日痴迷于读经、诗歌和书法艺术中，在这样的乱世，他不适合当王；别人越想改造他，只会激起他更大的反抗，而这反抗会导致那些人连他一起杀死。

当务之急，她要尽快救出艾则孜。而救出艾则孜的唯一办法，就是让那些人放弃培养改造他的幻想。阿米娜打算向当局证明艾则孜不是王的骨血，和王没有任何血缘关系。阿米娜心里知道，艾则孜即使获救了，代价不仅有可能是终生背着“出卖父王的叛徒”的骂名，还会因为不是麦王血脉的真相暴露，就再也没有资格继承王位。但是，只有暴露艾则孜不是麦王的血脉，才有可能把他从监狱里够救出来。

阿米娜在亲戚的帮助下，去了迪化。

她冒着苏里坦很可能被杀身的风险，进行了一场赌博。如果结果是凶，她极可能把苏里坦也搭进去；但如果赌对了，艾则孜就获救了；而苏里坦自小聪明伶俐，还会讲汉语，总是瞪大眼睛好奇地看着一切，他的眼睛和心，都是敞开的。他更容易被培养成一个适合这个时代的王。

在迪化监狱里，阿米娜终于见到了艾则孜，她不敢相信，眼前这个衣衫褴褛的囚徒，就是孤傲清高的艾则孜，他的身体暴露的部分布满了脓疮，衣服被脓血浸透粘在身体上，散发着难闻的气味。他眼睛红肿，脸上布满了绝望的灰，嘴角结着干了的血痂。那一刹那，她觉得他只是一个可怜的孩子，等着母亲来搭救。

“为了救你，我已经向监狱证明，你与麦王没有任何血缘关系，我让他们看了麦王在世时立的字据。这个真相对你很残酷，但它能够救你的命。监狱的条件是，等柯卡选好了合适的王位继承人，送到迪化后，再释放你。”阿米娜隔着监狱的铁窗栏杆，看着受尽折磨的艾则孜。

“不，母后，你在对我说谎。”艾则孜声音里充满绝望。

“你的出生是一个秘密，也是一个谎言。现在除了死亡，一切都是假的，什么王爷、王宫，统统都是游戏。”

“你为什么对我说谎，是为了减轻你内心曾经想要背叛麦王的罪恶感吗？”艾则孜倔强的表情和隐含讥讽的语气，让阿米娜又怜又恨。

“我没有背叛麦王，也没有什么罪恶感。我告诉他们真相，就是想救你出来，你是麦王从出生起就抱养的穷人家的孩子。过去，你是一个男人，我是一个女人，你和麦王，我和你都没有任何血缘关系。现在这个世界上已经没有麦王了。你生死攸关，如果你承认我是麦王的王后，请你相信我说的每一句话。”

“就算你说的是真的，他抱养我做了儿子，这一生我就是他的儿子，麦王对我有二十年的养育之恩，在真主面前，我没有背叛他。”

“我相信你没有背叛麦王，现在他被杀了，但你将活着出狱，柯卡城人人都会说是你出卖了麦王，所有的人也会知道，你不是麦王的亲生儿子。盛世才要求从麦王有血缘的后代中，选一个年纪最小的男孩，来迪化上汉族学校，然后立这个孩子为王。现在你的弟弟苏里坦，正在赶往迪化的路上。”

“你为什么不救麦王！你为什么要把我从监狱里救出来！真主啊，你为什么不让我在不知道这些的时候就死掉。与其让我这么屈辱地活着，不如让我和麦王一起去死！”

“我救不了麦王！他们已经把他杀了。我想救你，办法只有一个，就是告诉他们，你不是麦王的亲生儿子，你跟麦王没有任何血缘关系，我不仅有麦王的亲立的字据，还找到了当年的证人。说出真相后，你的代价是，再没有资格继承王位了，但是他们可以免你一死。别再做梦了，王宫已经被查封了，麦王已经不在了，王宫里的人都走光了。现在只剩下你和我在这里谈论已经不存在的一切。你弟弟马上就会来到迪化，他们答应等他一到，就立刻放了你。出狱后，你改名换姓回沙城养病，沙城没有人会知道你，我父亲的家族会保护你。”

“你怎么能相信这帮刽子手，他们骗了我，骗了麦王，杀了麦王，又骗你把苏里坦送到他们的魔爪中。他们会杀了他。他还小，不懂事，我不想让又一条生命，为了我这个罪人白白葬送。”

“这些我都权衡过了。他们如果想把麦王的后人都杀掉，根本不会长久关着你，也根本不需要千辛万苦把苏里坦骗到迪化。他们只是需要培养一个能听话的小王爷，以稳定柯卡这块疆域。这样，你就可以自由地回沙城了。”

“我不会回沙城，麦王被杀，我活下来，还要用弟弟的命来换我的自由，即使我隐姓埋名，也没有勇气活着出去见人。”艾则孜埋头往自己的手铐上撞。

“可怜的孩子，你的亲生父母杳无音信，你也没有亲戚可以投靠，除了跟我去沙城我的父母家，你还能去哪里？”

“我是死是活，就让我听凭安拉的旨意吧。”艾则孜背过身，用冻疮累累的手抹掉眼泪，脸上留下了一道道黏湿的脓血。

艾则孜和阿米娜隔着监狱的铁窗栏杆默默地祈祷。

麦王活着的时候，最担心王位继承人。他死后，阿米娜觉得对这个家族很内疚。如果不能保住柯卡王祖先传下来的尊贵王位，麦王在地下一定不甘心自己就这样化成灰土，被人遗忘。她现在明白，麦王前妻难产而死，他为什么会那么难过，连着五年为他守丧。作为他的再婚妻子，阿米娜愧疚自己没能给麦王生个儿子。

既然做了麦王的妻子，阿米娜内心感恩，她祈求他的灵魂早日归于真主。

第二节　寂寞深宫

阿米娜嫁给麦王以后，第一次看到比她小不了几岁的艾则孜，第一次看到他眼睛中冷漠的眼神。那时，沉湎于绘画的艾则孜，给王宫上下的人画像，阿米娜也找他给自己画像。

在王宫的画室里，阿米娜模仿俄国油画上的那些贵妇，把手臂交叠在胸前，优雅地坐在离艾则孜不到三尺远的地方，任艾则孜用清澈的目光上下打量她，他目光扫过的地方，阿米娜感到有火苗在燃烧，她的脸和身体都变得滚烫，仿佛他的画笔不是落在纸上，而是落在她的每一寸肌肤上。

“仁慈的造物主如此偏爱您，把最美丽的一切都赐给了母后。”艾则孜抬眼看他正在画的对象，一个年轻貌美的女人。他比较着，这个体态丰盈、肌肤细致的女人，她的身姿比自己画过的柯卡舞女还要妙曼。阿米娜能感受到，他冰一样冷的目光，跟他火一样的赞美碰撞在一起，使阿米娜有种前面烤着炉子，后面挨着冰块，冰火交织的感觉。

他一边画，一边陶醉在自己的作品中。阿米娜很享受这样的时光，她真希望这样的安静的相守能一直持续下去。

“我想，真主把我生成这个样子，却让你更加思念自己的生母。”她情不自禁说出心里话。

他惊异的目光瞟过来，正要蘸颜料的画笔抖动了一下，落在了地毯上。

“只画了一半，改天我再来给母后继续画。”他开始收拾颜料和画具。

阿米娜蹲下身子，捡起脚边的画笔，退到身后的窗户边，斜靠着窗台娇羞地浅笑说：“你走过来拿，不然我就丢到窗外去。”她顺势推开窗户，做好扔画笔的姿势。

他并没有上来接画笔，转身抱起画具箱子，离开了画室。

阿米娜倚在窗口，身体绵软得像拉条子（新疆的一种拉面）。

阿米娜推开窗，把半个身子探出窗外，几只鸟落在杏树和丁香枝头，啾啾地鸣叫，杏花和丁香混合的清香沁人心脾。她掏出手帕包起画笔，鼻子凑近闻了闻，一股浓郁松香气味直扑鼻孔。

阿米娜嫁进王宫一年后，遇麦王为他的前妻过四周年祭，艾则孜跑前跑后。她心里不悦，不便发作，只有耐着性子强忍着。她担心麦王每年为了这个女人大肆祭奠，觉得自己失身份，怕宫里宫外的人小看她这个新王后，何况艾则孜一天天长大成人。阿米娜推说身体不适，带了二十多个随从侍卫，回沙城的娘家，日夜以歌舞聚会解闷。

在沙城，阿米娜十分尽兴，她想把自从进了王宫后压抑了一年的不快，全部发泄出来。她知道，以她父亲在沙城的权势和地位，麦王即使知道她在沙城的作为，也不敢拿她怎样。阿米娜没想到正是这个祭礼，毁了她与艾则孜之间刚刚建立的好感。

麦王派了艾则孜带了王宫的人来接阿米娜，艾则孜礼貌地问她在沙城一向可好。阿米娜故作轻松地说：“我在沙城吃得痛快，玩得痛快，乐而忘忧，比起死气沉沉的王宫，没有感觉哪里不好的。”

“母后四周年忌日，您却在沙城大宴宾客，挥霍无度，通宵歌舞，麦王有所风闻，非常不悦。麦王办祭礼，忙于迎来送往，无法亲驾，特派我来接您回府。”艾则孜紧皱着眉，年轻的脸上带着阴郁。

阿米娜想趁机把一直隐忍着，无法对麦王言说的一腔愤懑，全都发泄给艾则孜：“既然不悦，还接我回去干什么。我讨厌麦王守满了三年丧，还要每年大肆为亡妻办祭礼。你的父王，他从不考虑我的感受，好像我不存在。就算我回去了，也永远没法替代你母亲在他心里的位置。”

“你是我的继母，我无法忍受你对一个过世者的不敬。这些话本不该由我来说，你让王宫上下每个人，都闻到了你身上嫉妒的气味。你的不满就写在你的脸上。你应该给王后应得的位置，而不是去嫉妒一个已经过世的人。这样，别人也会接纳你，给你应得的地位，麦王的心里才会有你的位置。”

阿米娜以为艾则孜会理解她一下，万没想到，艾则孜公然为他母亲辩护，甚至敢作为小辈这样教训她。

阿米娜觉得艾则孜没法理解她的感受，她无法对艾则孜表达内心真实的想法。她和麦王的私密生活，是不适合由她这样一个母后展示给后辈的，更何况艾则孜是麦王的儿子，他那么忠于他的父亲。阿米娜心里恨麦王，她的美貌和年轻可以被他视而不见，他不尊重她的感情。阿米娜觉得自己纯粹是父亲为了讨好王室，而献上的一个供奉。她嫁入王宫后，麦王常常在外，偶尔回来，带她一同出入一些重要场合，也只是把她当作一种炫耀和造势的工具，好显示他娶了沙城的豪门之女。

她如何能告诉别人，麦王夜里的激情，也不是为她点燃的，那种屈辱的感觉，就像是一个用身体讨好主子的女奴。在麦王看来，她是他的妻子，理当尽义务和女人的本分，她不能表露自己的不悦，只能隐忍着不快，强作欢颜满足他。

王宫里没有人能理解她这样身份的一个女人，还有什么理由郁郁不乐。她在王宫，穿最贵的，用最好的，她要和田的玉，波斯的头巾，阿拉伯的珠宝，麦王从不吝啬，想方设法替她运来。她打扮得华贵，是麦王的面子。麦王把她当作王宫一件最奢华的摆设。他最吝啬的是他的感情。她索爱时，他的回答让她欲哭无泪，他说："我本来这辈子只想娶最心爱的女人，过一辈子。现在她离开了我，我感觉她在暗处看着我。我若对得起活着的你，就对不起已经亡故的她。"

白天阿米娜是光彩夺目的王后，夜里，她是一个用身体侍奉不爱她的男人的怨妇。她每天在这样两个角色里生活。

阿米娜的家族富可敌城，什么样的男人不想追求她，她嫁入王宫只是父母之命不能违抗。虽说做柯卡王后是令人艳羡的，在她看来，如花一样的年纪，做了麦王的二婚妻子，要陪沉浸于丧妻之痛中久久不愈的麦王，在王宫深院度过青春年华，如果不能放纵物欲，尽情享受权力带给她的快活，那还能图个什么？

回到了王宫，什么都不能使阿米娜快活起来，尽管有那么多的人奉承她，她觉得自己没有什么盼头，连生孩子的希望，都被王宫里医生的结论打碎了，因为古丽波斯坦王后曾受孕于麦王，所以不能生育的原因全部都归结到阿米娜身上。

自从王后四周年忌日之后，艾则孜变得对阿米娜冷若冰霜，几乎不正眼看她。整座王宫，没有一个人敢这样对她，这真让她的自尊受不了。她越是打扮得花枝招展地对艾则孜笑脸相迎，他就越是矜持冷漠，礼貌有加。

艾则孜孤傲清高，谦和而有风度，从不卑躬屈膝地献媚。每次从他身边走过时，能闻到他身上颜料和松香混合的香气，王宫里没有谁身上有这种好闻的气味。没有人比他更喜欢读书，他那么醉心于雕刻、书法和绘画，他平静苍白如同大理石一样的面孔，忧郁的气质令他那么与众不同。

艾则孜的不友好，让阿米娜陷入了高傲和自卑交织的错乱情绪。阿米娜很快打听到了艾则孜的一个秘密，他对出生在打馕人家的那个一手弹都塔尔，一手打手鼓，还会跳龟兹舞的穷丫头很痴迷。他曾让人把她招进王宫，为她画过不少画像。

她要让他觉得自卑。这个继母，毕竟还是个年轻女人，她有自己气他的办法。阿米娜比艾则孜大四岁，那姑娘比艾则孜小四岁。阿米娜还保持少女的身材，她的丰盈是那个瘦得像根玉米秆子的丫头无法比的，还有她奶油一样的肌肤，那个营养不良的黄毛丫头就是再投胎一次，也不可能拥有。任凭她在台上，把龟兹舞跳得跟画上的飞天一样，下了台卸了妆，还是一个细骨如柴，面黄肌瘦的穷苦丫头。

阿米娜涂脂抹粉，把自己打扮得妖冶迷人。艾则孜有次忍不住对麦王说她生活奢侈，连纽扣都是黄金做的，说她不该穿龙凤图案的袍子。艾则孜不是不懂，这袍子是皇帝赏赐的，穿着它在柯卡独一无二，是至高无上的身份象征。她觉得他不是不懂这一点，他只是想证明他对父王的忠诚。

这王宫上下，也只有这书虫这么死心眼，去麦王那里告阿米娜的状。

幸好麦王对艾则孜的话，并不怎么重视，不会因为他告状，就来责难阿米娜。阿米娜心里明白，麦王还没有从丧妻之痛中走出来，对她的生活琐事根本无心过问。况且麦王是个极度要面子的人，喜欢让她在众人面前摆阔。

纵然阿米娜打扮得再怎么妩媚妖娆，也无法代替麦王的原配妻子，他那青梅竹马的表妹。阿米娜只想好好待自己，活得像一个真正的王后，可是，她越是这样，麦王越是冷淡，艾则孜也越是疏远她，认为她有野心，想要抢夺古丽波斯坦王后在麦王心目中的位置。

阿米娜被蒙上面纱，嫁入王宫之前，从未经历男女之情，干净得就像一张白纸，一夜之间，她就感觉自己被半老的麦王涂上了颜色，染污了。新婚的夜里，她经历了从未有过的沮丧，这个丧妻的男人灭了灯，看都没有看她的脸，就占有了她的身体。古丽波斯坦王后像是站在幽暗中看着她，在取笑她的卑贱。她知道王后去世后，麦王身边从未有过女人。没想到这头饿狗吃起食来，竟然连食盆子都不瞧上一眼。

外人都觉得，阿米娜穿金戴玉，在麦王那里格外受恩宠，她出入王宫或回沙城娘家，几十个侍卫随从前呼后拥，其实，阿米娜就是想给外人造成这种错觉。她要让全城的人觉得，她重权在握，麦王也要让她三分。对于那些来求见者，愿意见，就让人亮出红牌，不想见，就挂出蓝牌。一时柯卡城里都疯传她是“红蓝女王”。麦王对此视若无睹，他不是出于对她的宠爱纵容，而是长久地陷于丧妻之痛，除了公务，对其他根本无暇过问。为此，阿米娜经常暗自落泪。她甚至想激怒他，盼望他大发雷霆，来阻止她，这样才说明他心里有她，可他根本不在乎她，随她折腾，就像没有看见一样。没有什么比他的淡漠更让她沮丧的了。

艾则孜除了问候和起码的礼仪以外，从不与她多说一句话，也不拿正眼看她。他静默地从她面前面无表情地走过，好像她是一粒沙子，他眼睛里容不下她。他是嫌她这个继母抢夺了她母亲的位置，还是厌恶她的奢侈张扬？他是在替母亲妒忌她的年轻美貌吗？还是不习惯麦王恩宠他母亲以外的另一个女人？她百般猜测，不得其解。

阿米娜觉得，在艾则孜眼里，麦王过分娇宠和纵容阿米娜。其实他看到的只是表象，他被阿米娜故意制造的这种她需要的效果所迷惑。如果艾则孜知道在他父亲内心，已经去世的那个妻子的位置谁也无法替代，他内心会不会平衡一些？对她的反感会不会减轻一些？有时候，在艾则孜眼里，她简直像是他的仇敌，她感觉他和麦王一样，深深地爱着已经不在人世的古丽波斯坦王后。在所有人眼里，阿米娜只是个半路上插进王宫来的女人，难道她就要一辈子生活在那个死去的女人的阴影里？

阿米娜的无力感在于，没法跟一个不存在的影子较量，任凭她怎么挣扎，都必定是失败的。

阿米娜没见过古丽波斯坦王后，她是慈爱贤淑的吗？她是专横跋扈的吗？她是雍容大度的吗？麦王从来不提她，从麦王时常对着一件她用过的物品失神发呆的样子，她敢确定，在麦王的意识中，她还活在王宫里。

阿米娜从王宫上下每个人的眼里，都能看到那个已经过世的女人，他们面对她的时候，即便正眼看着她，她也能从他们眼神的背后，看到过去他们侍奉的那个女人。她感觉他们在用目光作比较。

郁闷时，阿米娜会向佣人打问麦王和古丽波斯坦王后的旧事，他们多半沉默以对，或者面面相觑，欲言又止。被她逼问急了，最多回答一句，“王后没有阿米娜您漂亮”。阿米娜经常举着镜子问真主：我真的比她漂亮吗？可我为什么总跟一个死去的人比，跟她去争斗？

她的对手是一个死人，她为自己感到悲哀。

这个王宫里，在别人看起来，阿米娜可以想做什么就做什么，在外人眼里她伪装出一副处处得势的样子，恰恰是为了掩饰她受伤的自尊。是谁在让她的自尊受伤，是麦王？是艾则孜？还是王宫里那些势利的人？似乎都不是，她想对自己承认，是麦王死去的妻子，即使死了，还霸占着王后的位置，让她在人前人后处于尴尬的境地。她不知道，该怎样获得王后那样的威望，维护自己的尊严。麦王和王宫里的人越是另眼相看，她越是想处处显示自己新王后的尊贵，她必须让所有人觉得，她在王宫的地位，谁也无法超越。谁能超越她呢？她已经是取代古丽波斯坦的新王后了。

第三节　艾则孜的身世

阿米娜骨子里的高傲，让她在麦王和众人面前，对艾则孜没有好脸色。艾则孜也对她更加冷眼相看，敬而远之。她觉得艾则孜恨自己取代了他母亲的位置。自己现在势单力薄，真盼望真主能赐她一个儿子，将来继承王位，夺了艾则孜的那份骄傲。

她一改过去对麦王房事的冷淡，每天夜里打扮得像个艳后，投入他的怀抱，热切地引诱他。渐渐地，她换来的是麦王不再外出巡视，早早与她就寝，每晚在婚帐中激情到后半夜。从他无法抑制的欲望和情不自禁的爱抚中，她能感觉到，这个中年男人的激情，就像一堆潮湿的柴火，已经被她撩拨起青烟，她要用年轻迷人的身体烘干这根湿了的木头，让他为她而燃烧起来。

麦王开始注意她的打扮，夜里，他也一反常态地不再灭灯。他摘掉她的头巾，抚摸她浓密卷曲的头发，一颗一颗解开绣着金色龙凤的紫蓝色袍子上那些黄金纽扣。

他说："以你的家世和容貌，完全配得上这样的龙凤袍和金纽扣。"

"可是艾则孜和王宫里的人，都说我挥霍钱财。"

"他倒不会觉得女人多几件衣裳就是挥霍，他读书读得人清高了，看不惯你出门侍卫，进门随从，也是情有可原的，他母后从来不这样，所以他脑子一时转不过弯来。"

"我知道他心里念记去世的母亲，他向您告我的状，我不会跟他计较。"

"你们不要在王宫闹得跟仇人似的，外人知道了对你不好。"

“他是您的儿子，将来的王。我是她的继母，进了王宫我就在巴结他，是他不断地挑衅我，觉得我处处不如他的生母。”

“古丽波斯坦王后不是艾则孜的生母。”麦王叹口气说。

她愣住了。

“他不是我亲生的，是我抱养的穷人家的孩子，他从未见过亲生父母。我告诉你，是希望你知道了这个秘密，就不要再那么憎恨他了。”

“难怪这么小家子气，他知道自己的身世吗？”

“他一出生就被抱到王宫来，只要我不亲口告诉他，别人就是告诉了他，他也不会相信。他一直把我当作亲生父亲。”

“王宫的医生说，我可能没有生育能力，如果我们有一个亲生的孩子，就不会让王位落入一个来历不明的外人手中吧？”

“我们不是还有苏里坦吗？”

“可他还小，也不是你的亲生儿子。”

“小，可以早早培养。我亲弟弟的孩子，跟自己生的没什么两样。”

“那你要立下字据，证明艾则孜不是你的亲生骨肉，找证人签名，我会秘密保存，不告诉任何人。”

阿米娜知道了艾则孜不是麦王的血脉后，不知道自己是该喜还是该悲。麦王总会老去，而她还年轻，要在这王宫度过一生。艾则孜对她那么抵触，她预感到自己如果失去了麦王的保护，艾则孜以后很可能会与她为敌。他一旦继承了王位，会对她以后在王宫中的地位构成威胁。她没有想立即拆穿艾则孜身世的秘密，那是麦王所不允许的，她至少要留着麦王亲自立的字据，作为自己万不得已时的护身符。

然而，她万万没有想到的是，她想作为护身符的这张字据，在危难时刻，会救了艾则孜的性命。她说不清这是麦王的在天之灵在左右着她，还是在遇到这样性命攸关的大事时，真主让她的生命突然发生了转变。起初，她想选苏里坦作为王位继承人，是为了维护柯卡王血脉的纯正，后来，她冒险以苏里坦换回艾则孜，包含着对艾则孜爱的成分。她本能地做了这样的选择，内心不希望失去他们中的任何一个。麦王、艾则孜、苏里坦，他们都是她的世界最重要的支撑，她不能忍受他们中任何一个离开她，她更不敢想象，他们一个个离开，剩下她一个人在这个世界上，那样生活还有什么意义。

她也慢慢理解了麦王对妻子的深情，那里面有爱，有亲情，有对柯卡未来继承人的期待，因为古丽波斯坦王后的死，他满怀的希望都在那一刹那破灭了。她明白了他失去的不仅仅是一个妻子，明白了什么是真正的死亡，因为王后肚子里带走的是麦王正宗的血脉继承人。那时候，阿米娜还像浮在羊肉汤表面的油花上的蜜蜂，在虚浮奢华的王宫生活中翻滚，根本不懂得体谅别人的悲痛，她负气回到沙城，通宵歌舞宴请，只是为了让醋意十足、跟麦王同床异梦的自己消消气。她也理解了艾则孜对她的愤怒，是因为他的高洁和自爱。作为一个王后，她没有母仪他人的大爱，整日沉浸于自己对麦王和艾则孜的不满情绪中，从未体会过他们内心深埋的痛苦与悲伤。

麦王的死让她彻底明白了，比起死亡，那些王宫里的锦衣玉食、奢华虚荣、争风吃醋，都是人生不足痛痒的游戏，什么权力、荣耀、爱情、地位，在冷酷而强大的死亡面前，已经显得无足轻重。她内心的儿女私情转化为浓烈的亲情，升华为对这个家族的责任，她更多地考虑柯卡王如何能延续他的世袭，因为她是柯卡的王后。

艾则孜从监狱出来后，被阿米娜送到她父亲家住着，经过调养，已经恢复了往日在王宫里文质彬彬的神采。阿米娜的父亲十分喜爱这个多才多艺的小伙子，为他安排了一份在学校教授绘画和书法的体面工作，他仍然叫艾则孜，被阿米娜的父亲收为养子，不再跟随麦王姓，而是随了阿米娜父亲的姓。

阿米娜的父亲给他娶了当地最美丽贤惠的女子为妻。艾则孜的妻子挺着凸起的肚子，前前后后地忙着为阿米娜端茶倒水，一口一个“母后”。阿米娜没想到离开王宫两年后，她从艾则孜一直抵触的王后，一下子变成了艾则孜和他妻子诚心诚意地喊出“母后”。她不得不感慨，世事变迁，命运无常。经历一番磨难，他们终于冰释前嫌，亲情把他们牢牢地拴在了一起。

第五章　巴郎子王

第一节　继位柯卡王

从迪化回柯卡，苏里坦与一位名叫斯莱曼的青年结伴而行。斯莱曼这个人在他眼里充满进步思想，他脑子里的新东西和路上的风一起，被灌输到了苏里坦的思想里。一路上，他们对在柯卡宣传青年运动达成了一致看法，越谈越投机。斯莱曼笑称苏里坦有可能成为史上最进步的王爷，还预言古老的柯卡将在苏里坦当王的日子里，迎来前所未有的繁荣昌盛。

他们到达柯卡后，斯莱曼还有事继续前行，他们依依惜别。几天后，一枚从迪化来的大印，也追到了柯卡，在他苏里坦身上盖定了一个“王”字，14岁的他成了一个“巴郎子王”。登王位那天，县长为了让后面的人看清苏里坦，将他抱到了一张桌子上，让他站得高高的，然后宣布他继承麦王的王位。

县里将修缮后的王宫归还给了苏里坦，他拥有了“柯卡王”的头衔，却没有任何实权，也没有啥职位。苏里坦再次回到王宫，感觉它是一座形同虚设的空府。

王宫里的格局还保持着麦王在的时候的样子，门前不远是赛马场，马厩里的拴马桩、马槽就像是昨天麦王还在拴着他的蒙古马和阿勒泰马，给它喂草料，准备去赛马。旁边不远处的树林里、草地上，偶尔有几声马的嘶鸣，让苏里坦恍如隔世。

在王宫与门楼前后平齐的两座大型建筑，那座高大雄宏，黑瓦盖顶的是清朝风格的建筑，从高高的台阶上去，就是麦王过去的议事厅。

那座矮一点，比议事厅略小一点的，是一座穆斯林风格的建筑，平坦的屋顶，门前空阔的院落进去，有着维吾尔族风格的长廊，细密的原木柱子，像摇篮的木栏一样围在院子四周，围廊显得幽深静谧，花格子的玻璃透着暖意，那是麦王曾经居住的王宫。

再往里走，是一座接待客人用的寝宫，清代风格，门前有巨大的喷水池，中间的一座建筑，是一个很特别的“热瓦”高台，四周砌了高高的台阶，沿着台阶走上去，是一个很大的亭子，整个亭台是四方形的，上小下阔，亭子上，雕了蓝色、绿色和白色相间的精美图案，看上去雄伟瑰丽，类似“望月亭”，那是苏里坦和阿依童年捉迷藏的地方。

在“热瓦”的前面，是一个幽静的院落，院子四周围栽种着葡萄树，葡萄的藤蔓从高大的葡萄架上垂下来，葡萄架拐弯的地方，是一条林荫道，葡萄架前面，是一个半月形的舞台，那是麦王请艺人表演龟兹舞蹈的舞台，现在舞台已经破旧了，寂静无声。

王宫的三面被包围在城墙内，朝向大门的一面围着高大的院墙，外面是一大片遮天蔽日的树林，那里是麦王常去遛鸟的地方。

三年前政府军带人闯进王宫，从墙上摘下来的那一幅麦王的画像，苏里坦已经从迪化抱回宫，将他挂回原来的位置上，画像上麦王牵着他心爱的阿勒泰马，背着双手，手里握着那根镶着宝石的木头柄的马鞭子，骄傲的八字胡，忧郁的神情，仿佛他在忧虑，厄运有一天，会将他带到一个谁也找不到的地方。

第二节　相约胡杨谷

回到柯卡继位柯卡王之后，苏里坦一心想着海池尔，想到海池尔离别时说要等着他，就迫不及待想与她见面。又想到在父王被抓、母后去迪化、自己无家可归时，势力的海翻译对他疏离的态度，他内心五味杂陈。

海翻译早年离开王宫经学府后，跟政府和军界来往密切，很快换上了军服，腰里别上了盒子枪，他不再是那个在王宫经学府从容地教汉语的老师，摇身一变，成了国民党的翻译官。

他想绕开海翻译，直接去找海池尔。

黄昏时分，苏里坦在过去与海池尔读书的学校门口徘徊，他打听到海池尔在这所学校做了老师，他希望能与她偶遇。

海池尔从学校走出来的刹那，他几乎认不出她了。她完全是一个成熟的大姑娘了。她隔着老远看到了他就奔向他，气喘吁吁地在离他一米远的地方停住，热切地打量他。

苏里坦痴痴地望着她，一时间不知道该说什么：“海池尔，你终于出来了，我快等成四只眼了。”

海池尔的齐耳短发现在变成了两条长长的辫子，胸脯像八月的石榴，饱满得快要炸开了。看到苏里坦，她紫葡萄一样灵动的眼睛里汪着甜美的笑意对苏里坦说：“您好吗？我的王，见了王，小女子不敢造次啦。”

“海池尔，我的王后，我还记得我们一起在学堂上学，你为了把长辫子剪成学生头，跟父母斗争了半年，现在留起长辫子了。”

“我怎么敢做你的王后，父亲说，女孩子家年龄大了，该找婆家了，总不能一直剪短发，他们怕我嫁不出去。”

“看你漂亮得蝴蝶蜜蜂都跟来了，我做梦都想去你家提亲，就怕海老师又把我请出去。”说完，他愣了一下神。

“人家哪里敢高攀你们王族，何况我跟你不同，我害怕王宫里容不下我这个普普通通的女孩呢。”海池尔羞涩地一笑，低头不再看苏里坦，苏里坦领会到这是她在默许他去向她父亲提亲。

“海池尔，我喜欢回族女孩，我特别喜欢听你讲汉语，我想象我们婚后生的孩子，从小就会说维吾尔语和汉语，我们两个就是他们最好的语言老师。”

“看你说那么远，难为情死了。你到迪化学习了汉语，现在都可以当我的老师了。”

“我在迪化是学了两年汉语，可比起你，生硬得像没煮熟的抓饭，油腻腻、黏乎乎，一个音阶和另一个音阶，就像是不认识的男女，硬被挤在一起，别别扭扭，完全没有你讲得那么好听。”

“我们在一起，有大把大把的时间说汉语，想学什么，我教给你。”

“海池尔，尽管你会一口流利的维吾尔语，我还是喜欢用汉语跟你谈恋爱。从现在开始，你就教我用汉语跟你谈恋爱吧。免得我在你面前，把汉语说得颠三倒四，让你笑话。”

海池尔追过来，做出一副要打人的样子，苏里坦趁机拉住她的手，轻轻地吻了一下，抬眼看着她：“明天我赶着马车，带你到‘睡胡杨谷’去看胡杨，好不好。”

“你赶马车，会不会把马车赶到沟里？”海池尔嗤嗤地取笑苏里坦。

“反正不是赶到沟里，就是赶到谷里，一回事。”

“那你知不知道，为何沙城的胡杨谷叫‘睡胡杨谷’？”

“不会是提示我们，去了就要睡在胡杨谷吧。”苏里坦故意逗她。

她笑得上气不接下气说：“是满谷的胡杨树，在沙谷里沉睡了一千年。”

“我也想在睡胡杨谷，跟你一起睡一千年。”苏里坦大胆地表白。

第二天一早，苏里坦给了王宫赶“曼帕”的佣人一天假回乡下去赶巴扎，自己赶着“曼帕”充当车夫，让海池尔坐在“曼帕”上享受王后的待遇，海池尔坐在“曼帕”上开心地哼着歌，一路上指点着从马车旁掠过的胡杨树，惊叹一棵棵胡杨的奇姿异态。

他们来到了塔里木湖边的一片胡杨林，在一棵根相互绞缠的双胡杨下，苏里坦抱下“曼帕”上预备的毯子和褥子，铺在沙地上，让海池尔休息，他卸了车，在树上拴了马，给马放好了饲料打算坐下来，海池尔兴奋地提议俩人一起去骑马。苏里坦想到被美人搂着腰在马上颠簸驰骋，顿时激动得热血倒涌。

这个王的家族世袭到了苏里坦这里，骑马打猎的技能已经完全退化了，小时候，麦王只带着艾则孜去赛马场赛马，生怕苏里坦被马摔着碰着，只是让他站在远处看比赛。记事起，他只坐过“曼帕”。为了心爱的女人，他决定试一试骑马。他从拴马桩上解下马缰绳，把马牵到湖边，绑了一块毯子在马背上，把海池尔抱上了马，他登好马镫，用大腿催促马快跑。马似乎疲惫了，走得很慢，即使这样，也让苏里坦和海池尔在马背上颠簸得够呛。在马背上，身后坐着心爱的女孩，苏里坦血液中遗传的那种驰骋沙场的因子，旋即被爱情调动起来，他用马鞭猛抽打马屁股，海池尔尖叫着抱紧他的后腰，苏里坦顿时感觉自己像一个真正的王了。

沙漠里的风吹过沉睡的胡杨，这些早已没有了生命，却以千年来挺立不倒的胡杨树，似乎要被沙漠的风吹醒了。

马绕着塔里木湖奔跑了一圈，又回到了原地，马奔向饲料，渐渐停了下来。

苏里坦将海池尔抱下马背，放到褥子上，海池尔背靠着胡杨树坐下，苏里坦感觉浑身的热血被马激扬的脚步颠簸得沸腾了，心脏像一个燃烧的火球，快要从嗓子眼蹦出来了。他凝视着她浓密的睫毛掩映下塔里木湖一样清纯的眼睛，海池尔的目光羞怯地躲闪着，嘴唇因喘息微微开合。

苏里坦搂住海池尔，轻轻地在她耳边哼唱情歌：

“你是我的河流我是你的烈马，
今夜里呀咱们谁也不许回家，
心中的火焰啊烧得我好难耐，
让我骑上你的波涛浪迹天涯。”

海池尔轻轻地吻住了他唱歌的嘴唇。苏里坦清楚地记得，这是海池尔那次在她家吻过他以后，第二次把少女的吻送给他。他闻到了熟悉的苹果甜香，止不住全身颤抖着。

苏里坦轻轻将她拉入汗湿的胸怀，苏里坦和海池尔像两棵枝叶纠缠在一起的胡杨树一样绞缠在一起。苏里坦想把自己全部嵌入这个女孩子柔软的身躯里。海池尔平躺在柔软温热的沙子上，为了让她洁净的衣服不沾染荒野的沙子，苏里坦毫不费力地把她抱在自己的身体上。

“我全身都麻了。”海池尔轻声呢喃。

“我全身都在燃烧。”

“我不敢动了。”她的声音像梦呓一般。

“怎么不敢动了？”

“我全身都化成了水，感觉一动就要溢出来了。”

“像塔里木河水那样溢出来，浇灌我这块干涸的沙漠吧！”

少女那种第一次涉入禁区的羞涩，让她的身子绷得紧紧的，她努力控制着自己一动不动。苏里坦的手一步步探行到她柔软的胸，结实的腰胯，深入到胯下的那片柔柔的草苗，他试图用男性的热力融化她，让她像塔里木湖水一样荡漾，像浇灌干渴的胡杨树那样浇灌他干渴的心。

从海池尔迷离的眼神，苏里坦感受到爱意已经从他的眼睛射进她的身体，她的爱在自然地流淌，滋润着他和她紧张的身体。他握住她的手，引导她感受那种潮润。她咬了咬嘴唇，她紧紧地闭上湖水一般迷蒙的眼睛，浓密的睫毛覆盖住了那一汪湖水，把他关在了外面。

“到‘睡胡杨谷’，到底是睡胡杨，还是睡美人？”苏里坦喜欢看海池尔在他怀里假寐的样子，故意用半生不熟的汉语制造一些俏皮话来逗海池尔笑。

海池尔笑起来：“美人睡了，胡杨也睡了。”

远处，胡杨树掩映中护林人的小泥屋，用胡杨树的枝干和泥合在一起墁的墙，那些干了的树枝像是从墙体里长出来的。塔里木河像镜子一样，倒映着千姿百态的胡杨。风在胡杨林中穿行，把沙子打在胡杨的树干和叶子上，发出沙沙的声响。苏里坦搂着海池尔，轻轻地吻海池尔的雪白的耳垂：“我真想和你一起住在那间小泥房子里，生一大堆孩子，孩子们个个像你一样，会讲汉语，又会讲维吾尔语。”她嘴角露出两个沉醉的笑窝，小树林一样的睫毛围着的两汪眼波里，荡漾着幸福的光晕。

苏里坦扶起海池尔骑在他的小腹上，说：“我做你的马儿，骑着我奔跑吧。”她捂住脸，双膝紧紧地并拢，牢牢护住她的隐秘花园。他猜到海池尔担心什么。也许这个回族女孩想把她的第一次，保留到结婚那天晚上。

苏里坦疼爱地在她耳朵背后亲了又亲，悄悄告诉她，会把她留给新婚之夜。

她调皮地问他亲够了没有。

他说，够？怎么会够，够了，就是再也不需要了，我亲了还想再亲，怎么也亲不饱，想亲上一百年。

苏里坦套好了马，坐着曼帕穿行在胡杨林里，苏里坦禁不住为海池尔唱起了情歌：

“美丽的天山我可爱的新娘，
告诉我该怎样与你相伴。
漂泊异乡永无休止的流浪，
什么时候把你抱上我的婚床。
无言的天山我沉默的新娘，
告诉我该怎样与你相伴。
准噶尔的风沙带走岁月和希望，

什么时候亲吻你丰润的乳房。
骚动的天山啊我放荡的新娘，
告诉我该怎样与你相伴。
塔里木河的流水浇灌了胡杨，
叶尔羌才是我们永久的梦乡
……”

回柯卡的一路上，苏里坦一手握着马鞭子，一手拉着海池尔的手，内心对他们婚后的生活充满了热切的渴望。

回到王宫，苏里坦做的第一件事就是请求家人准备一下，去向海池尔提亲。家人都知道他和她情投意合，海池尔这个读过新式学校，又守穆斯林教规的女孩子，长期跟维吾尔族一起生活，风俗习惯也完全维吾尔族化了。阿米娜忙着为苏里坦提亲做准备，宫里谈论着婚礼应该按维吾尔习俗办，海池尔嫁入王宫后，衣着打扮全部要随维吾尔族，仿佛海池尔已经是苏里坦的妻子，柯卡王的王后，这让苏里坦觉得自己真的是一个王了。

第三节　“主麻日”演讲

1945年8月中旬，三区革命军对国民党重拳出击，消灭了国民党驻柯卡周边的军队，三区革命军让国民党胆战心惊。国民党为了抵抗三区革命军，继续维护他们在柯卡的统治，他们软禁社会开明人士、达官显贵，柯卡的局势十分紧张。

苏里坦也被软禁在县政府大院里，柯卡周围到处是国民党在战略要地修筑的堡垒、国民兵团，城内外和山区国民党组织的军、警、民三方面的力量日夜巡逻，对进出的人严加盘查，只要是戴红帽子的人，都被监控。城外的汉族人被迁到了城内，城内外主要道路被封锁，城墙和炮台上，到处安放着重型武器。

苏里坦真希望所有的灾难都结束了，他盼望着新疆的局势快点好转，期待政治、文化方面都能有新的变化，而恐怖远没有结束。

1946年5月，三区革命胜利的喜讯让他振奋起来。柯卡一批先进青年发起革命运动，影响越来越大，令柯卡县长和警察局、驻柯卡的国民党官员坐立不安。他们想方设法解散青年委员会，消除影响。由于大局不允许他们直接对运动公开干涉，只好利用政府文化、教育方面的人士，拉拢意志薄弱、立场不坚定的校长、教师和部分效忠国民党的人员，利用这种办法，瓦解运动。他们用串门做客作掩护，秘密集会，消除青年委员会的影响。

主麻日（礼拜五），苏里坦到清真大寺向伊玛穆安津礼拜宣礼员通知，礼拜后，暂时不要离开。他决定利用“主麻日”在柯卡清真大寺，广泛宣传和平协议与青年革命运动。

苏里坦满怀兴奋走上领拜台，站在过去麦王领拜的位置，这次他不是领拜，而是向几千名民众宣讲三区革命的胜利，他讲了自己在迪化的感受，讲了国民党统治这些年柯卡百姓的艰难生活，还介绍三区革命和国民党当局和谈的情况。

这一番长长的演讲，聚拢了越来越多的人，尤其是年轻人，他们看着他。他从他们热切的眼神中，感受到一阵鼓舞和欢愉。人群攒动，苏里坦看到斯莱曼也站在最前排，正挥着拳头为他加油。苏里坦很振奋地振臂高呼：

“我们将要推翻压在人民头上的非法苛捐杂税，将对贪污腐败、贿赂等行为进行严厉打击，消除剥削和压迫！……我们要进一步加强青年革命运动，发展青年进步组织，希望大家进行宣传。”

苏里坦的话刚结束，全场立刻沸腾起来，群情激奋。这是他登上王位后，头一次在这样大型的场合发表演说。

就在那天傍晚，苏里坦走在花帽巴扎上，来来往往的人，都尊敬地向他致意。他内心充满了自豪。苏里坦走到王宫前的花园时，海池尔的父亲独自站在王宫门前，苏里坦看到他，恭恭敬敬迎上去问好：“海前辈一向可好，贵千金海池尔也好吧。”

“托安拉的福，我和海池尔都很好，有空请到家里坐坐。海池尔跟你去了尴胡杨林，回来就说起你从迪化读书回来，汉语学得快、说得好呢。”

“太好了，谢谢您的邀请，我的家人明天正要去拜访您。”

“家人来拜访？明天我会在家恭候，好好招待他们。”海翻译一怔，继而乐呵呵地说。

第二天，苏里坦就让家人去向海池尔提亲。

母后回来说：“海池尔的父亲的家宴摆得很丰盛，条件提得太苛刻，他说我们家族是世袭的郡王，彩礼要送六根金条，少一根金条，就别想娶他的女儿。”

苏里坦的脑子好像冻住了一样，想不明白好端端的，海翻译怎么提出这样一个条件为难他。

阿米娜母后怕苏里坦想不开，安慰他：“女方家里对一个王宫提出这个要求并不算高，只是我们现在连半根都拿不出来，王宫的金条在麦王手上就丢得一干二净，我后来再也没有见过金条是啥样子的。我跟海翻译说说，看看能不能欠着，以后再想办法。”

苏里坦知道母后办事一向很周到，不知道半路上怎么会出了岔子。他打算亲自去一趟海池尔家，表达自己的诚意。

在海家，海池尔倒了茶出去后，海翻译关上了门，陪苏里坦喝了半天茶，始终没有提六根金条的事。苏里坦耐不住了，对海翻译说：

“海先生，我跟您女儿从小一起读书，我一直很喜欢她，她也很喜欢我，男大当婚，女大当嫁。母后昨日来向您女儿提亲，师母提出要六根金条作为彩礼，您在王宫当过老师，最清楚王宫的情况，金条暂时无法奉上，老师能不能宽限，以后如果王宫有黄金，我也会想办法如数奉上，学生一定不忘老师的恩待。婚礼可以完全以你们的习俗办。迎亲那天，让新娘子穿着她想装的嫁衣，戴着漂亮的装饰，风风光光地嫁进王宫。”

“你不愧是王者，知道你一向很识大体。今天既然诚心诚意来了，不瞒你说，老师也有一个条件，只要你答应，一根金条都不要，我就把女儿嫁给你。”

“我不明白老师说的条件，是指哪一方面，如果我能做到，为了海池尔，一定不辞劳苦。”

海翻译的手，在苏里坦的肩上拍了两下，很关心地说：“我在柯卡有四十多个耳目，每天城里发生的事，不同的传言，我都随时了解。”

苏里坦知道他说的耳目，指的是特务，密探。苏里坦觉得有点不对味，“海先生，您这是……”

“我好心提醒您，这段时间要特别注意您的言行。”

“学生言行哪里不妥，还望老师指点。”

“柯卡部分青年老是抓住和平协议不放，发表反对国民政府的言论，从事反政府活动，甚至成立反政府组织，刊印周报，开展宣传，希望你不要参与其中，主动站到国民政府这边来，这对你今后很有好处。”

“宣传联合政府的和平协议，也有错吗？”

“我忠告你，我们已经掌握了你的全部材料，你目前的处境很危险。当今世界不是你想象的那么简单。如果你仍然顽固地坚持你的立场，可能出门就死在暗枪之下。今天你必须表明态度。”

“我没从事什么反政府活动。”

“你今天的主麻日演讲，在民众中造成了恶劣的影响，政府认为你是主谋，你虽然年纪小，但占据王位，社会影响很大。只要你悬崖勒马，政府不会怪罪的，不然后果不堪设想。”

“我没做不该做的事情，问心无愧，你们爱怎样就怎样吧。”苏里坦毫不客气地回答。

海翻译突然掏出手枪，气势汹汹地对苏里坦大吼：“你不想活了是不是！我是看在你和我女儿海池尔的情分上，来规劝你的。不退出青年委员会，不收回你的主麻日演讲，连我女儿一根头发丝都别想拔走。”

苏里坦站起来，气呼呼地说：“对于一个男人，爱情是一回事，为了爱情牺牲一个男人应有的血性是另一回事。我不喜欢您把它们搅在一起。何况我是一个王，我会去做我应该做的事！”

海翻译气呼呼地坐回椅子上，把枪往桌子上“啪”的一摔，手一挥说：“你走吧，恕不远送。”

苏里坦扭头出了里屋，“嘭”的一声把门关上，猛地见海池尔站在外屋哭成了泪人，他从门里出来，海池尔哭得上气不接下气，扑过来抱住苏里坦不肯松手。

苏里坦这才意识到今天是来提亲，海翻译的话让他气愤难忍，自己把话说过头了。

“海池尔，我对不起你。”

“我知道你嘴上说的，跟心里想的不是一回事情。这事不怪你，只怪我父亲。”

苏里坦和海池尔拥抱在一起，没发觉海翻译什么时候站在他们旁边，怒气冲冲地看着他们。苏里坦羞愤难当，挣脱了海池尔的怀抱。海池尔跪下来，抱住父亲的腿大哭。苏里坦看到这个情形，强忍着眼泪扭头离开了海池尔家。他身后传来海翻译的怒吼声，院子里噼噼啪啪摔东西的声音。

第四节　恐怖没有结束

苏里坦梦见麦王和古丽波斯坦王后，他们种了满院子的瓜菜，过着普普通通的生活。苏里坦不断地向他提出各种内心久蓄的疑问："父王，离开王宫，被那些人带走以后，您去了哪里？那些人都对您做了什么？"

麦王看着他，并不回答，给了他一叠厚厚的纸，暗示上面会有答案。苏里坦打开那叠纸，发现那叠白纸上什么也没有。他用目光找寻麦王，麦王已经消失。然后，他听到远处一阵枪响。

"当王有什么好？当王有什么好！"苏里坦听到自己的声音，在空气中回荡。

古丽波斯坦王后用金色的托盘，端来一把漂亮的壶和两只透明的杯子，麦王接过壶，在一只杯子里倒满紫色的果汁，递给苏里坦，示意他喝下去，苏里坦接过那杯紫色的液体，那颜色诱人极了，仿佛美女的眼波，要从杯中溢出来。

苏里坦端起来要喝，突然想起麦王已经不在了。

苏里坦对着虚空大声问：“父王，您和王后已经走了，怎么还会来给我们倒果汁。”

麦王的影子映现出来。

苏里坦举枪对准麦王：“父王，他们让我杀了你。”

“孩子，他们让你向我开枪，你连眼睛都不要眨，更不许哭。”麦王的声音在虚空回荡。

苏里坦端起枪对着麦王扣动扳机。

“我走了，你们还活着。我走了……”麦王的声音一遍又一遍震荡在空气里，越飘越远，消散在天边的暮霭中……

苏里坦被一阵阵奇痒唤醒，睁开眼看到身体上布满了紫红的疱疹，那些疱疹有的像蜘蛛，有的像蜈蚣，从皮肤下面鼓起来，边缘的瘢痕像是蜘蛛或蜈蚣的脚印，一排排密密地排列在疱疹周围。他感觉梦里紫红的液体，像是被注入了他的体内，从皮肉下面渗透出来，在全身的皮肤上绘出各种吓人的图案。

苏里坦失眠了。他掂量海翻译对他说的那些话，再想想自己的噩梦，越想越觉得害怕。

突然他听到有人在敲门。在这样的情形下，有人夜半敲门，让他更加感觉心惊胆战。他抖抖索索起来，穿上衣服去开大门，大门前站着两个黑乎乎的人影。

“县长有急事，让你马上去一趟县政府。”

“现在都快后半夜了，我已经睡下了，明天一早起来我会去的。”

“县长要你马上跟我们去。”

苏里坦跟家人道了个别，跟着两个黑影摸黑往县政府走。

两个黑影推开县政府的门，苏里坦看见新任的县长坐在办公桌前，他的左侧站着海翻译，右侧立着留八字胡的警察局长，桌子中间摆放着手铐、手枪，那支手枪黑洞洞的枪口对着苏里坦，他恍然觉得就是他在梦里对准麦王的那一支。

警察局长先开口：“知道你最近在柯卡都做了些什么事吗？”

“我没有做任何坏事。”

“你不要以为我们不知道，对你的行动，我们掌握得清清楚楚。你在迪化与谁见了面，跟谁一道回柯卡，回到柯卡后，又从事了哪些反政府的活动，你不要想试图隐瞒一丝一毫，老老实实地全部交代出来。”

“你们既然全都知道了，何必又来问我。”

警察局长的眼光，像冰水里捞出来的刀子一样冷冷的刺向苏里坦：“你的王位，是怎么来的？”

“柯卡王的王位，是世袭而来。”苏里坦看着他，想到了在乌市监狱里的那个留着八字胡的将军，他预感到过去的那一幕似乎又要重演了。

“错了，你祖宗的是世袭而来的，你的王位是我们给的，你现在是恩将仇报。知道我们叫你来干什么吗？”

“我不知道。”

县长拿起一份电报，让海翻译把内容翻译成维吾尔文给苏里坦听。海翻译双手接过电报，用汉语念道：

“根据所掌握的情报，最近柯卡城内，由柯卡王为首的部分青年，依仗所谓三区革命，拼凑15人的青年运动委员会，从事反政府活动，严重扰乱了社会秩序，影响恶劣，尔等接此电后，务必立即召柯卡王面谈。如其有悔改之意，可考虑观察一段时间，予以从宽处理。如其仍顽固坚持反动立场，则镣铐伺候，立即派一排的士兵，押到迪化。”

海翻译念完电报，县长对着苏里坦发问：“电报上说的，你明白吗？”

苏里坦沉默以对。海翻译抢着代他作答：“县长，他全都明白，给他念汉语，他听得明白。”

警察局长指着桌子上的镣铐说：“电报内容你听到了，这个你也看到了吧。这次请你来，要求你代表民众，在明天的大会上表个态。”

苏里坦感觉自己被一群草湖的毒蚊子围攻，每一个毛孔都被注入了蚊子的毒液。他想起最近青年委员会成员被杀害的一桩惨案，浑身哆嗦了一下，觉得有股冷飕飕的东西从头顶心沿着脊背灌了下来，那种带着死亡气息的冰冷感，让苏里坦头痛如裂，他放弃了挣扎，那个无奈的声音不像是从他喉咙里发出来的：“我退出革命青年运动，今后不再参与活动，支持国民党政府。”

苏里坦听到县长长舒了一口气，口气也缓和了，“这个态度还不错，但不能就这么算了。我们要求你再做两件事，第一，明天上午，把柯卡的头面人物、达官显贵请到王宫设宴，当着大家的面，宣布退出青年委员会，今后支持国民党政府。第二，在即将召开的全城民众大会上，做重点发言，发言稿我们由政府准备。若不听从，就按上级电报指示办。”

“我没钱请客，宫中现在也没有厨师。”可耻，苏里坦心里骂了自己一句，他不敢相信竟然答应了他们，他真想打自己的耳光。

海翻译斜着眼睛看着他，嘴角露出一丝嘲讽的冷笑。

“客人只是以你柯卡王的名义请，费用由政府开支。”县长答复得很痛快。

熬到午夜时分，海翻译执意要送苏里坦回王宫。苏里坦看着海翻译一身警官打扮走在前面，腰上别着盒子枪，似乎走路的姿势都变得像个军人，这跟他在王宫经学府当老师时的文雅形象完全不同。苏里坦感觉与海池尔的恋情恍然一场梦境，世道改变得真快，他无法相信眼前这个人，就是父王生前倚重的海老师；无法相信那个他爱的女孩，就是眼前这个人的女儿。

苏里坦出了门，院子里荷枪实弹的士兵虎视眈眈地看着他走出政府大院，大门在他身后重重地合上。他走在暮色里，冬日的北风从他身体上夺走所有的热量，把寒冷呼呼地灌进他的脖子和脊背，他浑身瘙痒变成疼痛，仿佛无数蜜蜂叮在背上，他用手搔了搔后腰，一粒粒大豆一样的疙瘩鼓了起来。

快到王宫门前时，海翻译把拟好的几页文字交给苏里坦，四处看看，压低声音用维吾尔语说：“你只有这一个晚上的时间，好好想一想。告诉你，要是你不按纸上的做，再胡说八道，你就会没命了。”说完，扭头离开了。

苏里坦抖抖索索往王宫走去，他感觉黑暗中潜伏着黑魆魆的影子，那些影子一直尾随他到了王宫。苏里坦正要打开王宫大门，突然从他身后跳出两个熟悉的人影，其中一个是斯莱曼，另一个也是青年组织的，听说县政府抓走了他，都很担心，来了解一下情况。苏里坦握住斯莱曼和另一个青年伸过来的手，他的身子暖了暖，心里却惭愧得发憷。

他跟两个年轻人在门口道别，推开了王宫的大门。院子里除了风声，很宁静，窗户里透出温暖的光亮，屋里有人影一闪一闪。他吓了一跳，心紧缩了一下。惴惴不安地推开屋门，他看到阿米娜母后还没睡，正披着披肩在屋里来回踩脚，看到他推门进来，阿米娜急切地问：“孩子，你没事吧，我很担心，不敢睡觉，一直在你房间等你回来。

苏里坦难过地说：“母后，他们为我选择学校培养我，就是为了把我塑造成他们需要的样子。他们让我来做这个王，绝不会给我自主的权力，他们玩弄我于股掌之间，随时用恐惧揉捏我，让我完全听命于他们。”苏里坦脸部的肌肉变得越来越僵硬，表情扭曲，屈辱的泪水涌了出来，像蚯蚓一样爬到鼻子上，流到下巴上“他们明天要让我在王宫请客，宣布退出青年组织。”说完，他感觉自己的眼泪都是肮脏不洁净的，恶心得想要呕吐。

阿米娜拿来了洗手壶，“孩子洗把脸休息吧，天都快亮了，明天还要迎接那拨人。”

阿米娜关了门出去以后，苏里坦脱了衣服，发现浑身像被蜜蜂蛰了一样，红一块紫一块，痒得他恨不得把全身的皮都剥下来，用刀子刮掉那种黏在皮肤上的痒，苏里坦捂住被子，在被子里哭到天亮。

第二天一大早，县政府的人就来到王宫，张罗家宴的事。这次王宫家宴，县政府是以苏里坦的名义宴请的，一帮政府派来的人在忙着煮肉炒菜做抓饭，阿米娜和苏里坦坐在一边，似乎成了外人。不一会儿，被政府请来的区长、乡长、镇长、商会会长、维吾尔协会会长、宗教人士、县政府的头头们都来了，海翻译在中间忙来忙去做翻译，忙得满头大汗。

宴席进行到中途，苏里坦按要求宣布，他退出青年委员会。一阵沉默之后，海翻译翻译县长的话："还有谁要退出青年委员会？"

一个年轻人站起来问："青年运动组织到底做错了什么？只不过向民众宣传了联合政府双方签署的条例和平协议，这有什么错……"

年轻人话音没有落地，县政府方面有人打断他，宣布散席。散席前海翻译把县长的话翻译成维吾尔语："县政府通知，明天下午，在老城河西北的大会场，召开全县民众大会。"

第二天下午在老城河西北的大会场北边的正中央，用木料临时搭建了一个主席台，南边的入口是砖石砌成的大门。苏里坦到达会场时，许多人已经按指定位置就坐。会议的议程用维吾尔文和汉文两种文字写在纸上，挂在主席台前方。

主席台前面摆着一排椅子，坐着柯卡的头面人物，还有十来个革命青年，其中一个是他熟悉的斯莱曼。会场四面都有一排排荷枪实弹的军警把守，会场南边国民党运输连的炮台上，排列着一挺挺机枪。苏里坦的脑子嗡嗡地响，什么也听不到，只感觉浑身奇痒难忍，他坐在主席台前排的椅子上，手控制不住地伸进领子口去抓挠脖子根，他感觉所有的人都盯着他的后脑勺和背部，指指点点。

熬到了会议最后一项议程，就是柯卡王上台表态。苏里坦觉得自己的脚似乎在肿大，像是绑着两只水桶，他摇摇晃晃上了台，抖索着掏出海翻译提供的发言稿一字一字地念完，宣布“退出青年委员会”，同时表示“拥护国民政府”。发言稿里那些歌颂国民党政府和谴责、污蔑青年运动的语言，像毒刺一样从他嘴巴里吐出来时，会场上的许多青年无法相信，这些话就出自刚刚给了他们希望和力量的柯卡王之口。

“这是真的吗？混账！”

“让混账王滚下去！”

苏里坦立刻停下来，希望这些抗议声能对事情有所改变。

苏里坦看见台下许多青年人高喊：

“我们不听混账王讲话！”

“我们要求青年代表上台讲话！”

一大群青年人将报纸和传单，从会场大门向主席台方向扔过来，会场上乱成了一团。

苏里坦闭上了眼睛，他害怕看到这些青年人。

警察局长朝着青年们怒吼：“今天会场上有反动分子故意破坏大会秩序，企图引起骚乱，我要坚决镇压，你们小心小命！”

一片枪声压过了群众的喧哗，会场四周的军警齐刷刷地向群众开火。南边的炮台上的机枪“嗒嗒嗒嗒”开始扫射，四处是枪声，人们有的四散逃命，来不及逃出去的趴在地上躲避屠杀。苏里坦趴在主席台的桌子底下，等到枪声停息才钻出来，他走出会场时，有人在清点伤亡人数，几名无辜的遇难者倒在血泊中。他焦急地寻找着斯莱曼，结果在伤者中找到了他，斯莱曼的一条腿在混乱中挨了枪子儿。

这场流血事件的责任，都被归结到革命青年组织成员身上，当天晚上，警察局堂而皇之地逮捕革命青年，当日散发传单的那群青年，一个也没有放过。

第一场主麻日演说，是苏里坦做王之后的发自真心的演说，他忘不了那天他的话刚结束，全场沸腾的场景，那是他一辈子最大的荣耀。紧接着的第二场演说，他出尔反尔，这成了他一辈子的污点和最大的耻辱。一日之间，他得到了无上的荣耀和所有的人的拥戴，一夜之间，他又失去了所有人的拥护。

夜晚，回到王宫，苏里坦对着麦王的画像痛哭，他一边忏悔，一边祈祷："父王，我向您忏悔。我做了一件对不起您的亏心事，我没能给你和这个家族带来荣耀。柯卡城里，所有的人都在嘲笑和敌视我。我觉得对不起您，明明知道是他们杀了你，而我却必须顺从他们。这样活着，我终于知道了什么叫做奇耻大辱。在那么多人面前，出尔反尔，我算什么王。您说过，做了王，所有人都会听我的，从此以后，还有谁会听一个说话不算数的王说话！父王我怕，我知道，他们不是吓唬我，我看见了手铐和枪，他们会要了我的命，他们什么都干得出来，刚刚就发生过这样的惨案。你宽恕我吧，饶恕我的罪过，我想活下去，只想活下去，哪怕不当这个王，我已经从心里罢免了自己。

“父王，您听见了吗？

“我不想因为一场演说就要了我的命，也许我该隐藏起我的激情。去按照他们的意思，念一篇与我的初衷背道而驰的文稿，那不是我的本意，他们逼着我来宣读，这些恶棍。父王，我只想活下去，我才十五岁。我不能死。我活了下来，而那么多无辜的人，在这次集会后的骚乱中被捕和丧生……”

第五节　海池尔的选择

第二天，海池尔来王宫向苏里坦道别。她知道了苏里坦受她父亲的威逼，在集会上说“青年委员会是反动组织”，宣布退出了青年委员会，她没想到他的父亲这么快就与苏里坦成了敌对的双方，她恨父亲，也没想到苏里坦会如此退缩。

海池尔告诉苏里坦，她跟父亲闹翻了，决定去兰州跟母亲一起生活。她告诉他，为了他们的爱情，她与他父亲抗争过，父亲打了她。她能理解父亲在苏里坦流浪时，不同意他们相好，她无法理解的是，现在苏里坦是柯卡的王爷了，为什么他还是不同意苏里坦的求婚。

海池尔坐在苏里坦面前，整整哭了一个上午。送走了眼睛红肿的海池尔，苏里坦哭了大半天，内心像被撕扯开了一样痛。他知道，他们可怜的爱情，最终不是输给了六根金条，也不是输给了海翻译，而是输给了这场残酷的政治斗争。

苏里坦提亲失败的消息传开以后，海池尔周围的情形确实起了一些变化。

先是她学校里来了两个搞军训的警官，他们说跟海池尔的父亲是好朋友，提出要到海池尔家里喝奶茶，这被很多人羡慕的事情，摊到了海池尔头上，海池尔很乐意，带着两个警官回来，一路上的行人都看她，让她紧张得发抖。

回到家，海池尔的父亲不在，家里没有牛奶，海池尔从邻居家端了碗牛奶，烧了一锅奶茶，在里屋的炕上支了小炕桌，端上奶茶的时候，海池尔浑身还在微微打颤。其中那个高个子警官对着她笑笑，他露出两排保养得很干净的牙齿："小姑娘不要太拘束。"另一个紧跟着说："我们跟你父亲一起做事，都不是陌生人，不必太拘谨了。

拘束，拘谨，学校里从来没有人对她使用过这两个词。海池尔不太确定它们确切的意思，从他们的表情，她可以判定，他们看出了她因为过分紧张产生的不安感。

他们说拘谨、拘束的时候，语气温文尔雅，她发现跟讲纯汉语的人在一起，让她觉得很兴奋。两个警官在海池尔低头倒茶的时候，在不动声色地观察海池尔光亮的黑发和凸起的乳苞，这一点海池尔并没有发觉。他们称赞她秀丽的黑发，毛茸茸的眼睛。自从他们来过海池尔家，学生们军训时就对海池尔另眼相看了，好像海池尔得了一种荣誉和褒奖。学生们知道海池尔的父亲是警察局的翻译官，那两个警官都是海翻译的上司。

海池尔认为两个警官接近她，来她家喝了两碗奶茶，是因为与她父亲共事才对她格外的友好。那两个警官对她并不像对其他女学生那么生疏，而是带着一种隐隐的亲昵，那个高个子的警官，好几次替海池尔整整衣领和被风吹乱了的头发。

苏里坦和海池尔从“睡胡杨谷”回来没多久，来海池尔家提亲那次，苏里坦注意到的第一眼，是海池尔家的书架和桌子上的书。“你读的书比我还多。”他的眼睛像羊一样温和，他穿着雪白的长袖衬衫，衬衫的袖口干干净净。他跟海池尔的父亲聊天，眼睛时不时偷偷看一眼忙着倒茶、端水果的海池尔。海池尔没有倒奶茶，她倒的是清茶，她好像心里知道，他不在乎喝的是什么，海池尔知道他心里在乎的是她，他追到了她家里，他的心在她身上。海翻译还很殷勤地请了阿訇来家里，特地宰羊招待苏里坦。

海池尔的心跳快得让她晕眩。她本来很紧张，还有点害怕父亲不高兴，害怕父亲憎恨苏里坦，认为他不该来找她。父亲似乎没有不高兴，很宽和地跟苏里坦聊天，客客气气地招待他。父亲越是客气，她越是感觉到一股压力，从屋子的四面墙壁从四个方向向她堵过来，让她透口气都很困难。后来父亲说要跟苏里坦谈重要的事情，让她到外屋烧火煮羊肉。

那天父亲在里屋与苏里坦的谈话，海池尔隐隐约约听到了一些，听不到的部分，海池尔从里屋谈话的气氛也能猜到一些。苏里坦从里屋走出来时，海池尔看到他失魂落魄的样子，就知道谈话的结果一定是父亲拒绝了苏里坦的提亲。海池尔抱住苏里坦，把头靠在苏里坦肩头抽泣，苏里坦全身像冻僵了一样，一动不动地站了一会儿，抽身离开了海池尔。

苏里坦走后，海翻译对海池尔说："你现在快成年了，你母亲来信，说正在托人帮你在兰州物色合适的人家。你准备一下，早点儿去兰州吧。"

"不，我从小就在柯卡，这里才是我的家。我只嫁给这里的人。"

"那你看看那两个警官，他们年轻有为，前程远大。你喜欢哪一个，跟我说。"

"可是他们终究会离开柯卡，不像苏里坦……"

海翻译打断她："苏里坦参加反动组织，世道不安，谁跟他在一起都会出大问题。”

海池尔反驳父亲：“我并不认为苏里坦参加青年组织是什么反动的事情，因为这跟你效力的国民政府有冲突，你才这么恐惧和仇视他。”

反驳的结果是海池尔挨了父亲狠狠的一巴掌。

海池尔知道，不是一只羊和一个巴掌隔开了苏里坦和她，而是父亲说的他参加的那个青年组织。她所认识的柯卡优秀青年，有好几个人参加了那个组织，他们只是宣传革命思想，宣传和平协议，她不觉得这有什么反动的。

苏里坦家提亲失败后，海池尔去王宫找苏里坦，想安慰他。阿米娜王后摆了十几个干果碟子款待海池尔，油炸馓子摆得像小塔一样高，阿米娜倒了奶茶，不断地往海池尔碗里加奶油，往她的盘子里加各种果酱。在柯卡像王这样的家族，阿米娜为家族成员提亲，恐怕从来没有被拒绝过。阿米娜的客气中带着王族的骄傲和盛气凌人的意味，让海池尔觉得伤感。海池尔明白了阿米娜以王宫待客的礼仪招待她，只是为了礼貌地送她走。阿米娜席间谈了柯卡城里的一些维吾尔族姑娘，她们的父母很希望把女儿嫁入王宫。海池尔知道阿米娜在暗示自己，会给王娶一个让他本人和整个家族都满意的媳妇。

海池尔和着眼泪咽下阿米娜夹到她碗里的肉，苏里坦看着她，在一旁抹了抹脸上的泪，难过地扭过头去。她想起十二岁的那个暑假她来王宫帮苏里坦搭屋顶上的鸽子窝，苏里坦递给她半块馕，捧给她一碗清茶，那茶甜得像加了蜜一样。海池尔奇怪地问苏里坦是不是王宫的清茶里加蜜糖，苏里坦笑着说，那是你心里有蜜糖。海池尔没想到那一年喝进去的茶，存储成了今天的眼泪，相隔三年后，那些茶从海池尔的眼里渗出来，像一口枯井里的水一样咸涩地泛上来。

受了阿米娜的款待，从王宫出来，苏里坦跟在后面送她。海池尔满心忧伤，俩人默默地一前一后地走，谁也不开口说话。秋雨从天空滴落，像海池尔的冰凉的心绪。海池尔从小跟苏里坦在王宫进进出出，阿米娜那么喜欢她，王宫里的人都把她当成苏里坦未来的媳妇。阿米娜向她父亲提亲失败后，海池儿在王宫已经变成了一个不速之客。由此，她想到了父亲给苏里坦的礼遇，也是以一种巧妙的方式友好地拒绝和体面地逼退他。他隆重地招待苏里坦，就是想在苏里坦和海池尔之间制造一种有距离的气氛，礼貌地告诫苏里坦远离海池尔，提醒苏里坦在海家的身份永远是一个客人。

小时候在经学府，父亲带着苏里坦和她读经，他们整日被诵念《古兰经》的声音包围着，在父亲宽和的目光里，她跟苏里坦一起在新疆红花、沙枣花、葵花、马兰花丛中奔跑，玩累了，在野外跟苏里坦烤羊肉、烤野鱼吃，她喜欢俩人浑身沾满孜然的香味。那个时候，她一心想长大了嫁给苏里坦，跟他生活一辈子，她以为自己一生都会被这样的气味浸染，在这块土地上跟苏里坦一起过王宫的生活。

现在这一切都结束了，她要离开留给她那么多记忆的苏里坦和王宫，一个人去异地，跟多年不见的母亲一起，开始另一种生活。这种道别太突然了，她看着苏里坦，很想索回点什么。

她这次向苏里坦来道别，就是想从他这里再索回一些感情，苏里坦送给她两张童年的合影，那是他从家里找出来的，那里面有他们小时候的样子。

临别，她跟他站在柯卡大桥上，海池尔泪眼朦胧地说："晚上，我想在王宫旁的花园里等你。"

苏里坦仿佛看见了海翻译愤怒的脸。他说："我不敢跟你在一起，我担心父亲对你发火。"

"不管你来不来，我每天都会等你，直到我离开柯卡。"海池尔一副倔强的神情，迎着风站在大桥上，她的眼睛看着沟里的残水。她的眼泪被风吹干后，不断涌出来新的，仿佛两眼不竭的泉水，把她的脸浇湿，他的心也被她的泪水浇湿了。

苏里坦恨自己的软弱，他看着心爱的女孩离开，凝固在桥上，没法追上去，也没法退回去。

海池尔憎恨父亲，父亲让她的初恋破灭了，她不想再看到他，把自己关在家里不吃不喝，心里期待苏里坦来找她。她求人给兰州当医生的母亲捎信，告诉了她近些日子发生在她身上的一些事情，她想离开父亲，离开柯卡，回到她身边。母亲回信答应接她回兰州，为她的将来着想，建议她最好到兰州来学医。

海池尔找了柯卡的一位中医，跟他请教，准备应考兰州的中医学校。那是个年轻黝黑的中医师，诊所就在她家斜对面，挂了印着红十字的半截白门帘。他跟皮肤白净的徒弟一起，整天坐在诊所里面。过去海池尔每次路过那家诊所，看到白门帘，几乎每次都撞见黝黑年轻的中医师，要么在过道煎药，要么出来洗手，海池尔几乎能闻到他白大褂上飘过来的淡淡的中药气息。

那天，来过海池尔家喝奶茶的高个子警官，忽然掀开诊所的门帘，正好撞见海池尔跟中医师别扭地并排坐着，让中医师教她把脉，警官探了头和半个身子进来，只看了一眼他俩的神色，动作迅速、表情有点犹疑地掩了门出去。海池尔不知道他那一眼推断出了什么，她觉得在高个子警官看来，她和中医师并排坐着，男女间的那种距离，充满暧昧。她用直觉推断出了那个高个子警官还会来诊所找她。

自从那次以后，高个子警官时常来诊所，找借口坐着不走，似乎海池尔跟他之间有了微妙的秘密，他看海池尔时目光从不回避她，笑容里复杂的暗示意味，能直抵她身体里最隐秘的部分。

高个子警官说想学中医，也要学着给海池尔把脉，在她身边浑身颤抖着蹭了半个小时，也没敢把手伸向她，仿佛她身上有一层保护层，他似乎知道靠他的手，无法抵达她。海池尔也能感觉到，能揭开那层防护膜的手，就隐藏在不远的地方，她眼前隐隐闪过苏里坦的影子。

傍晚，苏里坦来诊所约海池尔出去走走，说知道她快要去兰州了，有话要对她说。海池尔跟着他在天色暗下来后的街道走来走去。苏里坦最终把她带进了王宫后面的一个棚子，黑暗中海池尔弄不清楚，花香味让她推断那是一个花棚，她甚至不知道这地方有多大，因为里面很暗，苏里坦并没有跟她说一句话，他沉默地拥抱和抚摸了她，解开她的衣服，跟她面贴面站着温存地动作，跪在她面前急切地舔舐她的身体。她毫不犹豫地接受，那种身体最初经历愉悦的痉挛和颤动，他的身体传递过来的震动的频率，那种单纯的满足，让她血脉暴涨，身体像破冰的河水般冲动。

深更半夜，苏里坦带她来到柯卡河滩，天空黑暗，河水混沌，无法照出她的影子。她掬了泥沙俱下的河水洗了脸，蹲下身子冲刷掉裙子上的污迹等她回头再看时，发现身边根本没有苏里坦。她没搞清楚，跟苏里坦相拥亲热到夜半，究竟是她的想象，还是他真的与她度过了一个激情的夜晚。那个夜晚的时光，像掉入梦境里的一片叶子，悬浮在记忆模糊的水面上，让她无法打捞上来。

海池尔提着湿淋淋的裙子，往家里的方向走，快到家的时候，发现那个高个子警官的影子闪现在离她家不远的地方。

海池尔心里愈发忐忑不安，她隐隐地感觉到，她的父亲和这两个军官，一定会通过她给苏里坦施压。想起这些日子发生的事，她不禁打个寒战。她想摆脱军官的纠缠，决定去兰州找母亲，在那里暂时避一避。以到母亲身边为由离开这里，她父亲也不会反对。

只是她没有想到，此去经年，暂时成了永远。终其一生，她也没能把日子过成她曾经期待的样子。

第六节 “慢表妹”

求婚遇阻后，苏里坦听说海池尔被她父亲送回兰州，心灰意冷。阿米娜做主为苏里坦挑选了维吾尔族的妻子。苏里坦听从母后之命，跟这个先前从未谋面的女子成了婚。

苏里坦与妻子生活了不到一年，妻子难产大出血，他眼睁睁地看着自己的女人浸泡在血泊里，白布苫盖着她小山一样隆起的大肚子，疲倦的双睛闭着，像是睡着了一样，再也没有醒过来。

麦王的妻子难产而亡时，苏里坦只有五岁，他清清楚楚地看到了古丽波斯坦母后躺在被血水洇湿的白布上，高高隆起的肚子上盖着白布。苏里坦的妻子难产去世，又把那个悲惨的场景在眼前重现了一次……苏里坦将这两个场景与自己出生时的场景交织在一起，母后难产而亡的场景、妻子产后大出血而亡的场景、母亲生了他后撒手人寰的场景，三个相似的场景在他的想象和意识中完全被混同起来，他怀疑自己每次看到的都是母亲生他的时候那个血红的场景。难产，让这个家族的三个男人苏里坦、麦王、苏里坦的亲生父亲都失去了妻子。他一个人似乎把三个人的经历叠加在一起又重新体验了一遍。父亲还算幸运，母亲死后留下了苏里坦，麦王与苏里坦丧妻的悲剧完全一样，妻子与孩子同时殁了。

苏里坦伏在妻子的埋体前大哭："母后生孩子时，我失去了母后，母亲生我时，我失去了母亲。你生儿子时，我失去了你，又失去了儿子。这个家族想留下一个血脉怎么就那么艰难。”

妻儿双亡，苏里坦失魂落魄。他与妻子的婚姻虽是母后之命，媒妁之言，然而毕竟那时他对海池尔已经灰心，死心塌地打算与妻子生儿育女，一起终老。妻子在他眼里，是个温良贤淑的传统女性，嫁给他之后，给了他一份宁静的生活。想着妻子在世的种种好处，他好几个月吃不下睡不着，每天几乎不换衣服不洗脸，三天水米未进，痛不欲生，对阿米娜提出要为妻子守丧三年，阿米娜坚决制止，不允许他像麦王那样为妻子守丧。

妻子十五岁的表妹尼莎罕看到表姐夫对表姐的痴情，主动向阿米娜请求到王宫照顾苏里坦的日常起居。阿米娜看出了尼莎罕对苏里坦情有所钟，在苏里坦丧妻一年后，以需要有人为王族传宗接代为由，把尼莎罕嫁给了苏里坦。

让苏里坦没想到的是，与他持续了短暂婚姻的妻子，在他的生活中，似乎就是为了让他遇到这个表妹。他这才发现过去由于妻子的存在，他没有察觉自己对妻子身边这个“慢表妹”由来已久的好感。等尼莎罕成为了他的妻子，他才慢慢地回忆起过去与她每一次相遇的情境。

尼莎罕给苏里坦最初的印象是说话、走路都徐徐缓缓的，用阿米娜的话说，表妹做事情简直能慢到掉了的牙再长出来。

苏里坦第一次看见尼莎罕，是在他和妻子的婚礼上，亭亭玉立的尼莎罕就在宾客席里，她脸上像四月的梨花雪白粉嫩，头发一丝不乱地包裹在精致的绣花头巾里，发髻在头巾里高耸着，像小山一样。她用戴了网纱手套的手，提着像舞台大幕一样柔顺垂地的墨绿色丝绒长裙，走路从容得出奇，皮靴一尘不染，让人怀疑她的鞋子从来没有接触过尘沙飞扬的地面。

苏里坦婚后，尼莎罕时常来他家做客。她来敲苏里坦家的门找她表姐，总是选择在不早不晚的时候，家里刚好打扫干净，她表姐也梳洗完毕，开始闲下来。尼莎罕敲了门，绝不会自己闯进来，而是耐心地等在院门口，等主人家收拾停当出去迎接。跟表姐见了面，行过久久的贴面礼后，尼莎罕站定了用一双灿烂的褐色眼眸看着表姐，从嘴里吐出一串串玛瑙一样圆润的问候语。苏里坦觉得她的礼数多得没完，每次迎接她，进屋门前，她必定拉住表姐的双手，站在院子里，从问候阿米娜母后的健康，到苏里坦的事务，再到表姐的心情，然后是家里人的饮食、睡眠、情绪。苏里坦陪着妻子站得腿脚发麻，尼莎罕还在不断地问候。她的问候语密密麻麻地覆盖苏里坦的全家老少，一问几代人，就像挖一窝洋芋，连着秧子和根一起刨出来。世袭柯卡王家族是个庞大的家族，七大姑八大姨们都问完了，接着再问候平日来往密切的亲友们的生活，问起来收不了尾，既然问到了这家，那家就不能落下，她的记性也真好，居然能一家不落地问候到，问候语只好越拉越长。每次见面都这样一轮轮问候下来，就算隔几天见一次面，那些问候语也是一句不少，热天，苏里坦站在旁边免不了等得心焦，急得头顶冒汗。

等表姐回答尼莎罕所有人都平安，健康状态良好，心情也很愉快。尼莎罕这才拉起拖地的裙摆安心地迈开脚步，缓缓地往家门口挪动她摇曳的长裙。

就是在大冷天，尼莎罕来王宫看她表姐，在外面站那么久，她一点不显出冷了的样子，笑得仍然像春天的花儿一样妩媚，她的问候并不因为天冷就缩减一句，声音也不因为天冷就变得僵硬，她的嘴唇从来都是粉嘟嘟的，似乎从来没有冻得失色过。等问候结束，她并不急着进屋子烤火取暖，而是躬身站在门口，跟主人推让着谁先进屋子，推让的结果最终明摆着还是客人先进门，不然会显得主人不懂礼数，而且每次越推让，这个道理就越是明显一层，可偏偏尼莎罕还是要推让个没完，每一次都像是第一次要踏进这个门似的。苏里坦在旁边看着，急得冒汗了。

推让半晌后，尼莎罕终优雅地提起裙裾，满脸感激和歉意地抬起她尊贵的脚（苏里坦悄悄地想，也不知道有没有冻僵），总算跨进了院子。从院子到屋门口的这段路，又要以推让消磨掉小半个钟头。她这才连连谢着主人，迈进门槛。进了门之后，尼莎罕也断不会即刻就坐，她必然会再次问候完一家老老少少，与屋里的人一一行礼。

一再与屋里人推推让让之后，尼莎罕总算上了炕，欠着身子刚坐下，再站起来，把所有的问候语重复一遍，躬下身子互相行礼，互道平安，这才算可以坐定了。

茶来了，又要一阵谦让，仿佛谁先谁后，是天大的事情，她断不会作为客人，就先端起茶碗，一定是让了又让，让年纪大的先端，如此这般，一碗茶等一圈都放定，也都快凉了，女主人再依次换了倒新的。

苏里坦心想要做贵族家的女子，就得在这在繁文缛节中度日，要练得相当忍饥耐饿才行。他虽然从小接受王宫贵族训练，可以忍着饥渴讲礼仪，在一般生活里，饿得招架不住时，还是会偶尔暴露出在平民家庭孩子的本性。

苏里坦的妻子每回跟尼莎罕同席吃饭，要招架她把那些礼数都挨个过一遍，也真够委屈了她肚子里的孩子。受了几次尼莎罕周全的礼数过后，苏里坦开始跟妻子嘀咕“慢表妹”。

“跟她一起到了别人府上，饭上来了，即使肚子已经瘪得像倒空了的面袋子，尼莎罕不推来让去反复个三番五遍，谁也别想吃到嘴里。我饿得肚子里的孩子都要钻出来叫我吃饭了，表妹的礼数还要行个八遍，我得先把肚子吃得像鼓一样，才敢她坐在一起吃饭，等到她的礼数结束，不然我的肚子也就剩一张鼓皮了。”苏里坦的妻子埋怨自己的“慢表妹”。

“可不能只剩一张鼓皮，鼓里面睡着我们的孩子呢。”苏里坦疼爱地摸摸妻子锅一样隆起的肚子。

“她从小过的是贵族生活，受的是贵族教育，有的是时间，没啥事要她急着去做。”苏里坦的妻子从小过继给不生孩子的姨母，家境远不如表妹。

苏里坦喜欢看“慢表妹”尼莎罕走路说话的样子，又很怕陪妻子到尼莎罕家里做客，那些礼节必定要反过来再做一遍，这让他对“慢表妹”的喜爱变得有些矛盾。去她家就意味着比她来苏里坦家的礼节还要繁琐好几倍。

每次苏里坦带妻子到尼莎罕家做客，佣人都得先通报他们的姓名，等尼莎罕穿着打扮停当，衣裙婆娑地带一拨人前簇后拥来迎接，苏里坦看妻子跟“慢表妹”行了贴面礼，面对面站着，“慢表妹”问候完妻子，再问候她肚子里的孩子，问候得“大肚子表姐”口干舌燥，弯腰弯到腰酸背痛，点头点到头昏眼花，这才进了第一道门。如此三番，进到待客厅，好不容易排定了座次，苏里坦只想让大着肚子的妻子坐下喝口茶，平平气，可等这口茶喝到嘴里，没有半个时辰不成。

女佣用镀金的盘子端出亮晶晶的青瓷茶碗，提来一壶滚水，将茶碗放入金色的盆子，烫了三遍，再用一块洁白的新棉布擦拭，直到那碗发出像镜子一样锃亮的光，这才一一放在雪白的绣花达斯汗上，倒上茶水，用金光闪闪的茶盘托着，一一送到客人面前。

在客人的推让声中，茶碗渐次放在苏里坦和妻子面前，那碗崭新的光泽，让人觉得再干净的手端着，都会留下手印。苏里坦端着喝了一口，忍不住看看碗边，生怕上面留下口水，或者潮湿的手印，连忙掏出手绢，抹干净，小心翼翼放下碗。且不说碗里茶的味道，只说这待客者的这份用心，就已经让他感觉这茶跟平时的茶感觉完全不同，比琼浆玉液还要珍贵，眼前的世界，仿佛只有这一碗茶，顿时有种感觉，像是第一次喝茶那样新鲜，他一辈子都难以忘掉。

苏里坦心想：谁若是娶了这样的女人，给你上茶、端饭……冰清的玉碗，温柔的眉眼，轻声细气的问候，享受这样的贵族女人礼数周全的侍奉，岂不是有种做王的感觉。

真主似乎听到了苏里坦内心的愿望。

苏里坦的妻子亡故后，尼莎罕真的来到他身边照顾他的生活，每天给他端茶、端饭，帮他洗衣服，苏里坦跟尼莎罕在一起，他常常觉得恍然如梦。起初尼莎罕只是尽表妹的义务，来安慰他，照顾他的日常。一年后，阿米娜做主，将尼莎罕嫁给了他。他曾经幻想过的场景变成了现实，妻子死了，尼莎罕日夜在他身边，代替了她的表姐陪伴他。这样迅速的梦想成真方式，让苏里坦在悲喜交加之余，也不时地产生轻微的罪恶感，他总感觉是上天为了成全他的梦想，才让他的妻子难产而死。他为自己产生这种想法而心怀恐惧，在心里对尼莎罕的亲近有种本能的抗拒。

“我真希望你表姐活着，我觉得是我的愿望杀死了她，我怕她在暗地里看着我们。”苏里坦忍不住向尼莎罕吐露内心的忌惮。

“她活着，活在我的身体里。你爱我，就是爱她。”

“真主为了使我拥有我心仪的女人，让我以失去妻子和孩子为代价。”

“真主以姐姐和孩子为代价，让你珍惜现在拥有的。”

“真主啊，我们之间的缘分，一定要以他们两个人为代价吗？为何母后当初为我娶的不是你。”

“一切都是真主的旨意。求你把对表姐的爱，加在我身上吧。”

这个女人以她的温柔和善解人意赢得了苏里坦。

午夜醒来，迷迷糊糊中发觉怀里的女人换了一个，苏里坦抱住尼莎罕放声大哭。他有点恍惚，夜里自己究竟在跟这对表姐妹中的哪一个行房事，他总觉得，尼莎罕的身体隐匿着另一个女人，他想用哭声把她身体里的另一个女人唤出来。她问他："我已经在你怀里，你还是那么伤心，我知道你想念我表姐，我也想念她，如果安拉赐命，我也希望她能复活。"

他说："我害怕像失去她一样失去你。"

这种掺杂了恐惧的情感，就像在美酒里放了毒药，让苏里坦既害怕，又上瘾，身体里充溢着一股无法抑制的激情。他想用彻夜缠绵来宣泄激情，冲淡新婚甜蜜中夹杂的那一丝苦涩和伤感。有时候，似乎恰恰是那份苦涩与伤感，延续着这一股甜蜜，让感情更加浓烈，让他亢奋得欲罢不能。当爱与死亡和失落的恐惧绞缠在一起时，那种苦涩和伤感中夹杂着轻虐的快感，让他全身颤抖，他恨不能把所有的痛苦和甜蜜全部倾泻在她身体里，与她分享，让她品味。尼莎罕也能感觉到有时苏里坦的那份激情不是专对她的，她一直在承载着一个男人对两个女人的爱，面对这种强大的力量，她闭上眼睛默默承受着，她柔弱无辜的样子，让苏里坦百般怜爱。

第七节　柯卡解放了

1949年秋，新疆和平解放了。

解放军先遣队要开到柯卡了，苏里坦积极拥护、支持，对柯卡和平解放起了很大作用。尤其当苏里坦得知他在迪化认识的那位青年同志就是解放军的指挥官时，他兴奋了一夜，第二天亲手把五星红旗挂上柯卡银行的楼顶。驻扎在柯卡的国民党残部四处放火抢掠，抢夺老百姓的财物。他们看见楼顶的五星红旗，把柯卡银行洗劫一空，放了把火烧了。

很快，解放军先遣部队开进柯卡城。满城的老百姓欣喜若狂地迎接先遣队。有人编了顺口溜：红色的来了，白色的跑了；白的怕红的，吓得尿裤裆……

看着那些平时横行骄奢的国民党残部迅速败退，苏里坦预感到柯卡几十年的动荡就要结束了，他感谢父王，感谢真主，柯卡将在他当王的时代，结束乱七八糟的战争，恢复和平安定的幸福生活。

不久，苏里坦担任柯卡银行副行长，这让他从心里感觉到政府对他的信任。

红旗飘扬着，苏里坦一个人遥望远方，他想念先王。他终于盼来了他多年来苦苦追求的东西：柯卡百姓的幸福。就在这个时候，苏里坦的儿子出生了，他给儿子取名阿扎提（解放）。

解放军先遣部队来到柯卡城之后，要把国民党部队抢劫来的东西一件一件登记下来，还给老百姓。维吾尔族群众与汉族之间，语言不通，翻译成了做好工作的关键。

海翻译当年给国民党当翻译当得呱呱叫，解放军的先遣队来了以后，他又一改往日立场，很积极地帮助先遣队做翻译。

第六章　晚年新生

第一节　红土崖升起国旗

多年后，接近老年的苏里坦，在柯卡政协工作。有段时间，他热心于千佛洞管理文物，整理文物史料。这天，他骑着毛驴来到千佛洞门口，老远看见老熟人斯莱曼站在一个土坡上迎接他。

“阿萨拉姆来伊空姆，老朋友，咱们又在‘一千座房子’碰上了。”苏里坦行完礼，拉过斯莱曼回礼的右手紧紧握住，这只手还是那么有力量。

斯莱曼的头发和胡子全白了，人似乎比在年轻的时候缩了一圈，皮肤被戈壁的风沙和沙漠的太阳打磨得黑里透红。斯莱曼有点不相信自己的眼睛似的，用左手搭起凉棚，遮住强烈的阳光，眯起眼睛打量着一身中山装，上衣口袋里别着钢笔的苏里坦。

“我在迪化学过建筑，干了一辈子基建，现在退休了，就主动来守护这‘一千座房子’。这‘一千座房子’比我一辈子盖的那些房子金贵多了。”斯莱曼说。

“佛的房子跟人的房子是不能比。”苏里坦他沉吟了一下，看看周围，从地面到黄土崖上，全都布满了佛窟。

“看你这身打扮，已经是当了国家干部的人了，再也不用担惊受怕、四处流浪了吧。”斯莱曼看着苏里坦，一副心满意足的表情。

“斯莱曼大哥，要不是您解放后教我的那些手艺，我早就饿死了。”

“嗯，看你现在样子不错，有王者的气派。”

“可惜我早就不是王了。”

“有句老话，一日为王，终身为王。”

“您的气色比起那时候好多了，脸像烤熟了的油馕一样，幸好眉毛比头发还多，遮着眼睛，不然你这双绿葡萄眼要晒成葡萄干了。”苏里坦端详着斯莱曼的脸，跟他开玩笑。

“看到你高兴得忘了，让你站在大太阳底下晒油。这儿的太阳烈得很，我们到榆树底下坐着说话。”

苏里坦把驴拴在一棵木桩子上，跟着斯莱曼来到佛的房子前一棵矮矮的榆树下。

斯莱曼在每天做礼拜的位置种了这棵榆树，他用小净的水浇榆树。干旱多年的地方闻到了水汽，陡然生出了无数的毛毛虫，榆树被啃食得一片叶子都不剩。斯莱曼抱来了两只鸡，专门吃虫子。两只鸡吃虫子吃到胖得浑身的肉往下坠，移动身体都困难，虫子还在不断地生出来。

“我整天对着树诵《古兰经》，想让这些虫子从树上下来，回到土里去。无论我怎么诵经，虫子还是守在那棵榆树上，不回到土里去。不过，有几次，钻进我耳朵里的蚊虫，听到诵经声乖乖爬出来了。”斯莱曼说完拍拍自己的耳朵，好像那里正有蚊虫爬出来。

“佛的地方生的虫子，也许听不懂《古兰经》。”苏里坦揶揄地对着斯莱曼笑笑。

“我不忍心动手掐死虫子，也不敢打农药，就不断地从河里挑水，给榆树多浇点水，盼着它快点长高，树高了，下半截的叶子留给虫子吃，上半截叶子留着人可以乘凉。虫子爬不到那么高。”斯莱曼比了比树的高度，那棵树只有他的肩膀高，人只有跪坐在树下，才能有一点阴凉打在头顶上。

“三年了，才长这么高，我担了那么多水浇它，水浇下去，一转眼你闻不见一丝水汽。天气太干燥了，夏天我一挑水就中暑犯晕，好几天爬不起来，有几次险些昏倒在河滩。”斯莱曼说着，把一桶水浇在树根部的沙土上，树下面立刻聚满了喝水乘凉的蜥蜴。

苏里坦和斯莱曼坐在看守佛窟的小棚子下。斯莱曼看看苏里坦拴在一边的驴，甩着尾巴，踏着蹄子，正瞪着眼睛跟一群乘凉的蜥蜴智斗。

“这驴有把年纪了。”斯莱曼瘸着一条腿走过去，掰开驴的嘴，看了看驴的牙口说。

“我父亲留给我的遗产，你帮我估算一下，这毛驴值多少价。”

“这驴太老了，我顶多用这棵树换这头驴。”

“我想用它给儿子换娶个媳妇。”

“你这头驴嘛，顶多能换半个媳妇。我有三个儿子，都参军了，以后只有拿我种的西瓜给他们换媳妇了。”斯莱曼狡黠地朝苏里坦挑挑小兔子尾巴一样灰白浓密的眉毛。

“这头毛驴子在困难时期养活过我，我还真舍不得它。”苏里坦走过去，摸了摸驴湿漉漉的唇。

斯莱曼看了看天边，说：“春天风沙大，远处好像有黄风要刮过来了，我种的那些瓜快要结瓜了，别把西瓜秧给我刮到天上去。”斯莱曼从包袱里拿出礼拜毯，拍打了几下，铺在榆树下的沙地上，准备做晌礼，几只肥胖的蜥蜴爬到他的礼拜毯上借着他跪坐的影子乘凉，他连着咳嗽了几声，蜥蜴机警地看看他，趴在礼拜毯上不走，他伸手去驱赶爬在礼拜毯上的蜥蜴，蜥蜴被阳光烫了似的四散开去。斯莱曼朝西跪下来做乃玛孜。

有几只蜥蜴飞快地窜进了佛窟，躲在佛背后乘凉。它们蹲在佛的手臂、肩头一动不动，看着斯莱曼做乃玛孜。

苏里坦挥了挥手，想用手挥动的影子吓走佛身上的蜥蜴，有几只爬过佛身，钻进了佛身后的洞里，有几只蜥蜴大概以为是日影在移动，并不在意，身子躲在佛后面，探出头瞪着圆圆的眼睛看着苏里坦挥动的手。

“我在千佛洞前做乃玛孜，那些蜥蜴也见惯了，这些四个脚趴在地上的小畜生，也不会少见多怪的。”斯莱曼下了晌礼，用一条腿支撑着身子站起来，瘸着另一条腿，拿起礼拜毯抖了抖上面的沙子说。

这个千佛栖身之地，东南北三面土崖上是佛窟，朝西正对着柯卡城的那一面没有土崖没有佛，好像特意给空开了。

“这佛窟里就是土上加土，全都是用土做的泥人，你这个活人，整天守着这些土做的房子、泥做的佛过活儿。”苏里坦说。

“人都是靠着土过活儿，所有的粮食都从土而生，你吃的牛羊也是靠吃土里生长的草喂养。好看的花，好吃的果，他们的根都在土里。你也是土做的，最终也会还原为土。”斯莱曼说。

“风把这里的土都快吹光了，这山头跟你的头顶一样光秃秃的，连根草也不长，我的驴呆了半天都要饿死了。你也不搬下山去，再娶个老婆过日子，你又不是和尚，不能总守在这里不走。”

“当初别人逼我来，现在习惯了看着这些佛窟，这里多清静。我念了晌礼，沙尘暴都让我给念回去了。夏天你来可以少吃点土，多吃几个我在土里种的西瓜。你看山下面，西瓜长得多好。瓜地边那些防风的白杨树列着队，弯下腰在给我们说萨拉姆。”

“亏你还念经，佛窟边的树，只会说阿弥陀佛。佛见了你这不长毛的头，会以为你是壁画上的印度和尚。”苏里坦看着山下防风林边绿油油的瓜地，开心地调侃斯莱曼不长头发的脑袋。

“什么眼神，你只看见我的秃头吗，看看我的大胡子，我头上戴着维吾尔族的朵帕（花帽）？我可是虔诚的穆斯林大毛拉。”

“真想把你晒在大太阳底下，我舀上一桶河水，坐在沙漠里喝着，晒上你三小时，你就变成烤馕了。”

“我怕您渴，我得给您生火，把水烧滚了，您坐着喝着水慢慢晒我，我等您把我晒成烤馕。”斯莱曼拿起一把熏黑的茶壶，放在架好的两块土块上，准备舀水，找来找去，找不到水瓢。

“我在这里，可不是想靠晒你修行，我可是想割了你这没用的秃脑瓜子，当瓢舀水喝。”苏里坦把一小堆柴火折碎，塞进两块立着的土块之间，用火柴点起了火，火苗蹿起来，一缕青烟升起在荒无人烟的佛窟边。这人间的烟火，在佛土净地闻起来，香甜得如同一种假象。

“我带你看看跟我做伴的这些佛。”就着斯莱曼烧的茶，吃了几块干硬得像石头一样的馕，斯莱曼要带苏里坦去看佛窟。

“那就先跟这些佛见个面吧，以后我也得天天面对了。”苏里坦随着斯莱曼走上很陡的土台阶，进了一座佛窟。

苏里坦看到这些佛的居所建在山崖上，木骨泥胎的佛像在这三面土崖上，已经住了一千多年了，洞窟内所有雕像都已毁坏。佛被人砍掉了头，打断了手臂，掏掉了眼珠。这里存留的壁画，画中人物眼睛大部分都被抠掉。佛像断头少臂依然挺立。没有眼珠的佛，在墙壁上，竖着硕大的耳朵，似乎在听戈壁上沙子随着旋风四处游走的声音。

经历了千年时光，佛窟神迹能保存到这副模样已是万幸，满窟的壁画，这些人们按神的旨意为神而造的艺术，比佛像更为长久地留在石窟穹顶和墙壁。

“听人说‘一千座房子’里的佛，一千年前就被当地人供奉。你看这佛长着跟咱们一样的身形和样貌，住着跟咱们一样的房子。”斯莱曼指着墙壁上画的一尊模样像印度人的佛像，佛像上大胡子的佛，还真有几分像斯莱曼。

“这些佛窟被火烧过，你听听，这里似乎还能听到佛一千多年前的呛咳声。”苏里坦看看头顶上烟熏的黑迹。苏里坦想象着几百年前佛，嘴和鼻子里塞满烟尘草灰，自身不保的佛们满眼酸泪看着人间。

“太阳再烈，也不至于把房子里面的佛烤焦吧。”斯莱曼看着墙壁上一层黑漆一样的烟垢说。

“就像您弄不明白佛为什么要住房子一样，佛们恐怕也弄不明白，人的生命受到威胁时，为什么要烧毁没有生命的佛像。

“你是说有人烧了佛的房子？”斯莱曼问。

“当年乱世，盗贼当道，佛和人一样受到威胁。一些外国人，来偷文物，偷盗佛像。乱世里柯卡不仅失去了佛像，也没有了百姓的安宁。人们失去了对外界的安全感，认为文物是扰乱宁静的祸根，他们的想法很简单，一旦文物不存在了，外国人就无物可盗，他们的生活就能恢复宁静。”

“在这光秃秃的地方，从哪里运那么多柴火，这些佛窟竟然能个个都被烤得像用了几十年的老馕坑一样。”

“佛窟附近的住民，用毛驴车拉来了成千上万车麦草，填满了佛窟后点燃，一遍又一遍地熏烤佛窟，把佛住了千年的房子烧成了馕坑。不食人间烟火的佛们，这一回饱尝了人间的烟火味。麦草的黑灰和烟尘塞满了佛的鼻孔，涂黑了他们的面目，那些精美绝伦的壁画，变成了烤馕饼上焦糊的花纹。佛窟的四墙和穹隆上，仿佛被刷了一层黏性的黑漆。受人虔诚供奉，传说能保佑天下苍生的佛，在火窟里受尽磨难。众多的佛像就这样被藏在厚厚的烟熏炭灰里。”

“原来是佛的房子太漂亮了，招致外国人起了恶念。佛洞嘛，就是佛住的房子，跟人住的房子一个样。我弄不明白，佛既然是神，为什么还要跟人一样，住在房子里。其实佛也需要房子，佛也需要人来保护它，它才能护佑人。”斯莱曼若有所思地对着墙壁上的黑迹若有所思地点点头。

“这些烧佛窟的人，想要消灭的是外国人的贪心，却让无辜的佛像成了替罪羊和牺牲品。我们现在要保护这些佛像，除掉烟熏火燎的黑迹，让这些佛像重新显现出来，让人们再看到佛窟里的壁画过去的样子。”苏里坦摸了摸墙壁上遮盖着壁画的厚厚一层黑迹。

“一千多年前，当地人狂热地信奉佛教，那些千佛洞、佛窟，就是那段历史遗留的证物。历史有时候就是让人那么不可思议。过去的凝固了，已经发生的成为永久的历史，不可更改。只有今天掌握在今人手中还有那些还没发生的和正在发生的，是可以改变的。你试图抹掉的那些黑痕，也是一段历史。”斯莱曼说。

“我在想，某天这些蒙着炭黑的佛如果醒来，发现天地早已变迁，过去到处是佛窟的沙漠佛国，如今随处可见伊斯兰教的清真寺，不知道他们会不会惊叹在这块地方，信仰的变迁竟然这么彻底。”苏里坦说。

“一个地域的人的信仰，都会被完全扭转，还有什么是不可扭转的。那也是一种神力驱使，借助了当时特定的历史条件和环境，在这块地域上当时兴盛的佛教，还是被人用武力强行改变。”斯莱曼说。

“想象一下，千年之前不大的一座柯卡城，不惜重金开挖坚硬的山崖，为佛造像营窟。世俗的人，永远需要比自己神圣的能量指引和护佑，代价是人必须拿出灵魂和丰厚的物质供奉。一座十万人的城，供养着五千佛僧，佛教在唐朝时确实鼎盛辉煌，然而，众多的壮劳力出家，缺少服兵役者，地方税锐减，佛僧出世的生活方式，又使人口锐减。后来是用战争强行让当地人扔下了这些佛，改信了伊斯兰教。”苏里坦说。

苏里坦感觉佛依然呼出千年的烟尘。在他看来，人在自身不保时，迁怒于佛，佛并没有动怒。也许是超乎自然的神力，让事情来了一个颠倒，最精心的破坏，最绝妙的毁灭方式，反而出人意料形成了最经久的保护，没有人看得到这里精美的壁画了，烟尘炭黑遮盖了它们，仿佛给它们封塑了一般，隔绝了空气和水。没有人能破坏这些壁画，甚至几次大洪水淹了佛窟，也没有冲刷掉那些黑漆一样的烟熏痕迹。这难道不是无边的神力在起作用？

苏里坦与几个考古学专家和学生，在“一千座房子”一侧的几间平房里安下身来，每天的工作就是除去壁画上那些烟熏火燎后的炭黑。这些懂考古的专业人员都认为，这种烟火熏烤后的炭黑是最难消除的痕迹。

苏里坦希望让人们看到部分佛窟的原貌，更多的将这壁画上由于烟熏火燎形成的炭黑保护层保留给子孙后代。那些“火烤千佛”的故事和精美的壁画一起，将被铭刻在佛的“一千座房子”里，像一帧历史的底片，等待时间将它感光。

苏里坦每天看着专家和学生一点一点地修复，壁画从烟熏火燎的黑迹中慢慢显露出来。得知这里的壁画被考古发掘的消息，不断地有人从千万里之外赶来，拜谒佛的房子。这里显露和尚未显露的壁画，以它的美惊动了世人。

苏里坦站在黄沙戈壁上，四野如昨，这块土地上，千年前的信仰如今已换了一种，而人们希冀神灵庇护的心愿并没有变，柯卡城到处都是清真寺。从古到今，人们都需要信奉一些什么，现世才能活得安稳。

人为神造的一切，有一天会消失不见，或是换一种方式存在。也许人才是这个世界上最了不起的神迹，只要人在这个世界上存在一天，神迹就不会消失。

夏天，斯莱曼种的西瓜快熟了，他在佛窟脚下的瓜田边搭了小棚子，白天看佛窟，晚上看瓜地。

斯莱曼赶着毛驴车，给部队送瓜，他参了军的三个儿子穿着绿军装，戴着大红花，每人赶着一辆装满西瓜的毛驴车，紧随斯莱曼的毛驴车。文物所的员工们敲锣打鼓欢送装西瓜的毛驴车去军营，斯莱曼赶着毛驴车的气势简直就像一个王。

先是广播里，后来电视上，都在表扬斯莱曼，他的故事被这种权威的声音上下传扬。所有人都在一夜之间知道了他。对斯莱曼铺天盖地的表扬里，苏里坦听到的似乎是对自己的批评。他见识了收音机的巨大威力，它比百万军队还要有威力。

对收音机，苏里坦从一开始的抵制，到后来的形影不离，最终收音机变成了他的第三只耳朵。

苏里坦觉得自己的人生不如斯莱曼的有价值，至少斯莱曼一辈子做了很多想做的事。对一种信仰，无论经历多少磨难，都应该始终如一，遭受了打击后的动摇让苏里坦觉得害怕。他在内心质问自己，他还是那个为了迎接解放军先遣部队开进柯卡城，第一个把红旗插在最高的屋顶上的那个人吗？

他突然有种冲动，想买几百米红绸，让裁缝店做一百面红旗，让它飘扬在柯卡每一座大楼上。想想自己就是把毛驴卖了，也买不到那么多红绸，最后他只能在千佛洞院子里升起了一面自制的国旗。

收音机里广播了苏里坦在千佛洞升国旗这条新闻，让苏里坦觉得在人前又一次恢复了应有的尊严。他觉得作为一个人，应该始终不改变自己的信仰，这样的人才是幸福的。

苏里坦喜欢上了收音机，那两个权威的男女声音很威严地念他的名字，麦尔丹这个姓就缀在苏里坦的名字后面。新时代让麦王的名字四处飘扬，这对于这个王的家族，又何尝不是一种荣耀？

斯莱曼不再看佛窟了，被调到文物所当保管员。从此他没法在佛窟边种瓜养树了，白天看守柯卡王族的青花拱北（墓地），晚上住在文物所的仓库里，看守那些文物。他把文物所的仓库当成西瓜地看着，觉得这些东西比西瓜好伺候，也不用浇水也不用除草灭虫。

苏里坦十分高兴由斯莱曼担任文物保管员，并看护世代柯卡王族的青花拱北。

一天凌晨，斯莱曼来敲苏里坦的窗户，苏里坦起来开了门让他进屋，斯莱曼一脸受了惊吓的表情，每根胡子都惊慌地抖动着，“先王的墓地被毁了，青花拱北被人破坏了，他们在墓上撬开口子，以大水灌注墓地，毁坏文物。”

当斯莱曼和苏里坦惶恐地穿过老城到达墓地时，情景让苏里坦胆颤心寒，他有种自己也被冰冷的泥水覆盖的窒息感。

青花拱北里，葬着苏里坦的祖先。这里的拱北上贴的瓷砖，都是从京城运来的青花瓷，柯卡人叫这里青花拱北。

斯莱曼自责，作为文物管理者，他没能保护好自己祖先的墓地，这些珍贵的文物，在他的眼皮底下被破坏殆尽。他咽下倒流的眼泪，他的心脏沉重得像浸泡在盐水里的石头，快要被苦涩淹没了。

苏里坦抚摸着破碎的青花瓷砖，看着一座被水冲毁的拱北，难过地说：“这是伊明王爷的拱北。你不知道那有多么排场。王爷殁在异地，当时正是七月暑热天气，埋体无法当日从异地运回柯卡青花拱北安葬，根据先王口唤，就地入土，三个月后迁葬祖陵。亲人们肯定想不到，他们辛辛苦苦将王爷的埋体从异地迁葬祖陵，现在会遭遇这样的下场。”

斯莱曼说：“我听父亲说过那个隆重的迁葬场面，伊明王爷的埋体从乌城迁往青花拱北那日，乌城街道上的树木、房屋都以白纱覆盖，盛夏七月，乌城里，像是下了场大雪，白茫茫一片。运送埋体的车也漆成了白色，拉车的都是下了崽的母马、母牛、母骆驼，马驹、牛犊和幼驼被拴在车后面，牲畜们母子被隔在埋体两头，呼儿唤母，悲声四起，车头车尾，交织成一片。送埋体的车上洒下的金币、银币、铜钱，像雨一样落在街道上，路两边男女老少俯身捡拾钱币，躬身朝着埋体行礼。伊明王爷的埋体被迁到柯卡的拱北下葬，王爷的拱北像一座绣了青花的白毡房。我每次看到都惊叹，那是多么精美的墓，谁想到现在成了一堆泥汤。”他的声音里交织着回忆的美好和现实的悲戚。

“每个继位者，都会为上一代王举行一个盛大的葬礼，这已经成为我们这个家族的一个传统。麦王活着的时候，为伊明王爷举行了盛葬。我一直歉疚，麦王过世后，没能为他办过一场像样的祭礼。我想攒钱为麦王举办一场像伊明王爷那样盛大的祭奠……”苏里坦忍不住抽泣。

斯莱曼安慰他：“我们把这些散落在泥汤里的青花瓷砖都收集起来吧。”

“小时候麦王带我来青花拱北，他看到过先王的墓碑上写着：‘圣君与世长辞，世道从此黑暗’，后来每次读到这句话，我就莫名其妙地想起父亲挖的那个麦王藏钱的地窖。青花拱北和父亲藏钱币的地窖这两件事，在我记忆里被粘合在一起，从小到大难以剥离。那个黑乎乎的地窖，每次我下到地窖里，就像下到了地狱里……我总觉得，这‘圣君与世长辞，世道从此黑暗’两句话中的黑暗，是在说地窖里的那种黑暗。”

“祈祷安拉，不要让我们坠入永恒的黑暗。愿安拉准许我挖个隐蔽的地窖，把墓地里的这些青花瓷砖藏起来。”斯莱曼捡起炸开的坟墓旁一块沾了泥水的青花瓷砖，凑到眼睛前面，努力在夜色中辨认上面的花纹。

“藏起来？！那不是偷窃文物吗，我这辈子可不想跟你再坐监狱。”风冷飕飕灌进苏里坦的脖子里，让他禁不住打了一个哆嗦。

“没人规定说这些青花瓷碎片是文物；如果是文物，我们就是在保护文物，应该坐牢的是那些毁坏青花墓地的人。我有生之年，会替你守护好这些宝贝。”斯莱曼的白胡子在晨曦里像一团雾一样，包裹着他带着温度的话语。

第二节　重回故居生活

“一千座房子”惊动了越来越多的游客，佛洞里的壁画惊艳了世人，苏里坦这个过去的柯卡王的消息也频频出现在报纸上。一个大报的记者慕名来“一千座房子”采风，从谈千佛，渐渐谈起柯卡王的身世，这位记者回去以后，在报纸上发表了一篇介绍柯卡王历史的文章。苏里坦读了文章，猛然间觉得自己的这个位置，原来一直跟历史脱不开关系。

过了一年多，出于尊重历史、落实民族政策，当然也出于文物保护等方面的考虑，政府同意苏力坦回故居生活，一顶“曼帕”把他抬进了重新建造的王宫。

老的王宫已经夷为平地，在老城重建的这个新王宫，本来是一个屠宰场，旁边不远是一个养猪场。屠宰场、养猪场被搬迁后，有人承包了这里，这块地方被改造成了新的王宫，王宫成了一个供游客参观的旅游景点。

年届花甲，苏里坦搬进了新修的王宫颐养天年。上面还赠给他一辆漂亮的小轿车，他把它看作一驾现代的“曼帕”，大部分时候现代的“曼帕”被闲置在院子里。

王宫面前那辆苏里坦和海池尔坐过的老“曼帕”，不知道被什么人找来供奉在游客面前。参观者称“曼帕”为王的“轿子”。在麦王的时候，它叫“哈迪克”。它刚做好的时候，两匹马拉着它，麦王和苏里坦坐着它到处走。每年秋收季节，经文学府的毛拉带着学生到地里掰苞谷面，剥苞谷皮，麦王也会带着苏里坦跟学生们一起剥苞谷皮，麦王给学生们带饭吃，并发给他们工钱。那个时候，麦王白天带着苏里坦坐着“哈迪克”，到各处的农民家里打问农事，了解民情，从一个大院子到另一个大院子调解纠纷，晚上住在车马店的主人“要路达西保长”开的客栈里，车卸了就停在车马店里，那里有拴马的桩子，还有专门的人喂马。

等到苏里坦乘坐它的时候，人们开始改称它“曼帕”，它成了一件展览品，已经没有了实际作用。这个靠两马拉的四周有遮阴的布幔的木车，比苏里坦当王的时间还要久，要不是人们一遍又一遍地收拾，它早就散架了。这老东西，现在也不属王族专用了，现在这座城里，有很多挂这样的“曼帕”，它从这座城里匿迹没多少年。人们乘着它参观兜风，游览柯卡老城。历史就是这样，总要遗留一些东西，帮后人记忆。麦王和苏里坦坐过的那驾老“曼帕”，现在它成了摆设和展览品，供游人乘坐着拍照。

苏里坦住在王宫里，每天接待来自世界各地的游客，跟他们握手、合影，回答他们提出的各种各样的问题。王住过的地方，一般都会被人瞻仰，人们凭票参观这里，而且人气很旺。

四月开始，园丁就会把花木苑里的花草，摆到王宫的各条行道边，四面八方的游客开始光顾王宫。苏里坦穿上最气派的西服，打着领带，蹬上锃亮的皮鞋，开始接待贵宾，跟他们交流，向他们介绍柯卡王世袭两百多年的历史。

王宫里种了几十种花木果树，从春到夏，花香缭绕，瓜果不断。苏里坦喜欢坐在院子里编筐子。王宫盛放水果，都是用他编的筐子。用塑料袋和纸箱子，瓜果不透风，容易腐烂变质。

苏里坦想让王宫恢复过去的尊严。他将麦王的像，挂在了王宫会客厅的正墙上，又将斯莱曼从先王墓地青花拱北捡来的青花瓷砖从地窖里挖出来，存放在王宫的地下室。一头毛驴和满地下室的青花瓷砖，这些就是他所有的财产了。

新王宫建成了，建筑还是老的样式，只是少了老房子的气息。苏里坦对新的王宫没有太多回归过去的感觉。失去的永远失去了，过去两百年的世袭给他留下的，只有那些青花瓷砖了。每当他抚摸着它们，时光就会倒转，仿佛能回到世代的先王们百年前的生活。清朝的时候，先王每到京城，皇帝都会赐一些青花瓷的花瓶、玉碗、玉盘，这些器皿上的花纹，让他想起王宫里过去的那些豪华的摆设。

流离在宫外二十年，再回到王宫，王宫是苏里坦尘世的乐园、暮世的天堂。他想在这里给自己建一个墓，殁了以后，他会躺在墓地，看着尘世的人们在王宫来来往往。

他想把那些从先祖墓地捡拾的青花瓷，贴在自己的墓上，那是先王们从京城运来的，在他看来，它们代表了那个时期郡王的荣耀。

苏里坦在地下室所有的墙壁上，用木板镂出一排排的木龛，在龛内供着斯莱曼十几年来为他收集的青花瓷砖。宽大的地下室里，一个个特制的巨大铁架子上，安放着从乡下收集来的拓土块的长方形木匣子，一排排整整齐齐，像中药铺存放中药的木格子。每个木盒子里盛满了青花瓷砖，瓷砖上有残缺不全的青色几何和花卉图案，这些曾镶嵌在先王们拱北上的精美青花瓷砖，吸收了两百年墓地幽暗的精气，散发着像玉石一样温润的光泽，苏里坦将它们用白布盖着，就像苫住先祖们的骨头一样，让他们的骸骨像躺在“塔卜匣”（灵匣）里一样，静谧地睡在木盒子里。

苏里坦希望在他死去之前，能把先王们的遗骨都拾回来，包裹在白色的克凡（穆斯林用来裹亡人埋体的白布）里，为他们重建青花拱北，再举行一场盛大的葬礼，将先王的遗骨重新安葬在祖陵。他想象着每个参加葬礼的人，头戴白缠头，腰缠白布，捧着盛满青花瓷砖的木盒子走向墓地，把这些破碎的青花瓷砖，重新镶嵌在他们的坟墓上。有幸重获王的称号的苏里坦知道，此王非彼王，作为和平年月里的末代之王，他考虑的就是怎么收拾先王们的遗物，怎么整理好他们的历史。

第三节　破镜难圆

在过去的政治运动中，苏里坦成分不好，他主动与深爱的妻子尼莎罕离婚，让她嫁个成分好的人，少受些磨难。尼莎罕大哭着不同意，他硬着心肠拉她离婚，硬着心肠把她赶回娘家。她哭着走的，一步一回头。他抱着幼小的儿子阿扎提一起哭，她的身影在他心上动了的几十年里，每次想起他都会偷偷流泪。

他们的儿子阿扎提在青少年时，因野外劳动冰冷入侵肌肤，留下腿病，后来不得不坐了轮椅。“文革”后，阿扎提成年了，找了一个当护士的姑娘做妻子。阿扎提办婚事的时候，苏里坦把卖了毛驴的钱给儿子买家居用品。

直至六十岁，苏里坦一个人孤零零的，他越来越渴望能和尼莎罕复婚。他想到了年迈的母后阿米娜。阿米娜比苏里坦大十来岁，现在都七十岁了，终身未嫁。晚年的她，德高望重，人们都重视她的意见。

苏里坦请求阿米娜转告尼莎罕，只要她跟现在的丈夫离婚，他就明媒正娶，把她接回王宫。

苏里坦祈求道：“只有母后能帮我，把我失去的女人找回来。”

阿米娜说：“六十岁的人了，你说的话竟然像个孩子。四十年多前娶过的女人，现在还想再娶一次，难道世界上没有比她好的女人了吗？”

“尼莎罕是最好的女人，她也是您娶给我的。我当年逼着她离婚，也是为了她好。我现在想娶回她，安静地度过晚年。”苏里坦哀求尼莎罕。

阿米娜找过尼莎罕，请求尼莎罕跟那个男人提离婚，男人死活不肯。“除非我死了。”那个男人说。

苏里坦再一次失望。

苏里坦七十岁生日那天，等来了尼莎罕过世的消息。这不是他想要的，却是必须接受的结果。

碍于已无夫妻名分，苏里坦没能参加尼莎罕的葬礼。他托人买了几只羊，嘱咐儿子在母亲尼莎罕葬礼上宰牲。苏里坦从存放在地下室的青瓷砖中，一片一片亲手挑出来最完整的，托儿子运到尼莎罕的墓地，镶嵌在她的墓上。葬礼过后几天，苏里坦去了墓前为她做了祷告。苏里坦默默地抚摸着墓上贴的青花瓷砖，就像抚摸尼莎罕穿的裙子一样。

尼莎罕过世后，阿扎提坐着轮椅，从尼莎罕那里带回了母亲生前的小炕桌。苏里坦告诉阿扎提："这个炕桌是结婚后，我送给你妈妈的，桌子边上的齿痕，就是你小时候磨牙啃出来的。你母亲出门有事，就用长筒袜拦腰拴住你，你只要看见小炕桌，就往前拱，丝袜拉得像拉条子一样细长，弹回去，再拉。你就是扶着这张小炕桌学会了站立和走路。你上学后，就在这张小桌上做作业。"

小炕桌安安静静趴在炕上，阿扎提爱惜地摸了摸炕桌边缘那些齿痕说："小炕桌旧了，桌面上干裂的缝隙越来越宽了，我帮您买个新的，把这个旧的换走，行吗？"

阿扎提留恋妈妈一直保存着的小炕桌，那上面有着父亲、母亲和他共同生活过的气息，他想留着做纪念。

苏里坦看看儿子，明白他的用意。

苏里坦把阿扎提扶到轮椅上坐着，再把小炕桌抱到他细瘦扭曲的双腿上轻轻放好，小炕桌趴在阿扎提的腿上，显得那么小，就像苏里坦抱着童年时的阿扎提。

过了几天，阿扎提被他的护士妻子推着来王宫。阿扎提和妻子买来了一张新炕桌。

阿扎提把炕桌交给苏里坦：“爸爸，你试试看，在新炕桌上看书、看材料，大小和高度满不满意。

苏里坦摸了摸新炕桌光滑的桌面，内疚充溢了他的心。儿子能从他这里继承的，不再是家族世袭的王位，而是一个名字和一张小炕桌。就是这么一张小炕桌，儿子都那么在意、那么用心。这么善解父亲的心情的儿子，他还有什么不满意的？

那张小炕桌摆进阿扎提的家里，上面放着苏里坦在各个时期的照片，也有一张尼莎罕的照片，相片都装在结实的木头边玻璃相框里。

阿扎提对父亲说：“比起摆在王宫展览厅的照片，炕桌上的相框更让我觉得心里安稳。王，这个位置会被时间撤去，父亲这个位置最牢靠，血脉永远无法被别的什么取代。”

苏里坦对儿子说：“你出生时，阿米娜建议给你取先王的名字，可那一年，刚好是解放，我就给你取名‘阿扎提’，纪念‘解放’。我希望以后你的后代，每一代都取一个柯卡王的名字来纪念我们的先王们。王的时代结束了，那段历史不该被遗忘，先王的血脉应该被后人传承下去，哪怕仅仅是取一个名字，也算是一种纪念……”

第四节　真主预备的女人

苏里坦七十五岁这一年，他等到了真主为他预备的女人热依罕，一个三十岁没出嫁的姑娘。跟热依罕在一起的时光，是他晚年过得最宁静、最太平、最幸福的时光。

年迈的阿米娜为苏里坦做媒介绍热依罕时，说她是真主为苏里坦预备的女人，会陪伴他终老。热依罕是阿米娜亲戚家的一个姑娘，苏里坦第一次见到她时，她温和的脸包裹在面纱里，雪白的皮肤，结实的腰身，表情羞涩腼腆得像个少女。

苏里坦跟热依罕结婚是在秋天，春的躁动和夏的热力远离之后，人生的秋阳带着明丽、宁静、平和，透着生命最后的暖意照临他。七十五岁的苏里坦拥着他三十岁的新娘，一个贞静似水的女人。热依罕日日夜夜的陪伴，温暖了苏里坦冰霜包裹的苍老的心，她年轻的身体让苏里坦感觉冰冷了半生的腰腿，都被灌注了奇妙的热能，渐渐回暖。

每周四晚上，她很麻利地为他冲洗擦拭全身。他与她大净之后，苏里坦会像一个真正的王那样，穿上白色的袍子，躺在松软的丝绸褥子上等她。她脱光了衣服，辫梢在黑夜里，像孔雀的羽毛温柔地扫过他的身体，他甚至能感应到她的体毛碰触到他身上的那种皮肤瞬间苏醒的快感，那个时候，他感觉自己真的像一个王。

他全身紧贴着她柔软的身体，任她冲动地抚摸、激动地亲吻，等待沉入生命深处的火焰被她重燃。他竭尽全力陪着她燃烧，他知道，这是属于一个男人最后的一线辉煌，生命很快就要步入黄昏。

苏里坦最喜欢吃杏仁和核桃仁，热依罕知道他牙不好，苏里坦吃的每一口核桃仁和杏仁都是她剥给他的，为这个她的手指甲常年都是裂的，手指上的皮肤很粗糙，而且经常有划痕。她已经剥成习惯了，只要有空闲，就会拿出一块旧头巾，铺在院子里，坐在地上，低着头在太阳底下剥。

苏里坦知道她是个无辣不成欢的女人，嫁给了他，为了不刺激他的瘙痒症发作，她干脆把辣椒从生活里戒除了。她显得比苏里坦还要怕辣椒，苏里坦知道她是替他怕辣，为了她的胃口，他偶尔也牺牲一下自己的胃，说想吃辣的，她说不不不，她已经在安拉那里发誓戒了的，不能再吃了。苏里坦知道从小养成的胃口，几十年了，戒掉其实是不可能的，就像他七十多岁以后，还是像个孩子一样，想吃核桃和杏仁，吃不到就流口水。抓饭和羊肉她都做得松软无比，也是为了照顾苏里坦那些松动的牙齿。

苏里坦对热依罕说："如果当初有人能告诉我，将来有一个女人，会像爱自己的牙齿一样珍爱我的牙齿，我宁可一辈子不吃杏仁和核桃。"

每周苏里坦都会陪热依罕逛巴扎，她喜欢看巴扎上那些香料和衣料，还有各式各样的头巾。换季的时候，她会添置一些新裙子，或者一两块头巾，更多的时候，苏里坦陪她会兴冲冲地逛上大半天，逛到肚子空了，吃一碗她喜欢的面肺子，买几串烤肉解馋，带一些蔬菜和水果，心满意足地回来。她跟了他十年，她没有舍得让苏里坦为她买过别的女人脖子上、手腕上那种亮闪闪的金链子，甚至连一个手提包也没有舍得让他买过。她说用苏里坦跟别人拍照换来的钱，给她买不实用的东西，她会觉得有罪。

她始终对苏里坦与来王宫的游客合影换来的钱，抱有抵触心理，似乎他牺牲了什么。苏里坦告诉她，那也是劳动所得，但是她用令他心碎的目光看着他，仿佛这样做是值得怜悯的。苏里坦只能苦笑。她是一个遵循传统宗教的女人，没有念过什么书，只按照老规矩看事行事，没法接受市场观念。

“这些吃抓饭的盘子、喝茶的碗，上面的花纹真好看，我们买几套回去摆着。”苏里坦在巴扎的瓷器摊上，用手指触摸着一只青花碗的边缘，这些精致的瓷碗，让他想起跟尼莎罕新婚时王宫里精致的生活。

“储藏室堆放着好几马车碗和盘子，墙上的一百个格子里，一摞一摞瓷片排着队，再买往那里摆？”热依罕并不太理解苏里坦为何那么贪恋这些瓷器。

“旧房子的待客室还空着，放不下的碗和盘子，都请到那间空屋子的炕上去。瓷器放着又不会腐烂，留着家里有大事的时候好派上用场。”苏里坦迅速为还没买回去的瓷碗和盘子找到了安放的位置。

“盘子和碗就摆在这街上，离家里三步远，啥时候买都不晚，不用急，先回去把存放的位置腾出来。”热依罕温存地说。

“傻婆娘，那我就等着你给我腾位置。”苏里坦亲昵地说。

苏里坦记得小时候跟麦王去巴扎，麦王眼睛盯着那些花色素雅的碗盘，那些碗和盘子上的青花图案，像先王拱北上那些瓷砖的花色，麦王买了几车回去，说是备着先王办者那则（祭礼）的时候用。

“夏天了，我要做条艾黛莱丝裙子穿。”热依罕拉着苏里坦，往挂了一大排艾黛莱丝面料的摊位走。

“你喜欢把自己打扮得像彩虹一样。”

“你给我买的衣服都是白的，只适合葬礼和守丧穿。”

“有好几个亲戚的忌日要去，还要探望几个病床上的朋友。这个年纪，要去的场合只剩下这样两处。”

“既然想好了用场，那就买白色吧。我知道你想给裙子多派几次用场，好证明你对我说的话没错。”热依罕拽住一块白色的蕾丝面料，问摊主价格。

“这就对了，我的傻婆娘。以后你就知道白多么适合你，白色就像你的皮肤一样自然。”白色唤起了苏里坦第一个妻子的一些的记忆，这种亲密的关联，让他迅速答应妻子买条白色的裙子。

王宫那个年轻漂亮的解说员古丽，说一口带维吾尔语发音的汉语，苏里坦喜欢打发妻子叫她来陪自己聊天。他经常一边整理柯卡城的文史资料，一边跟古丽讲这座城的历史，还有他一生无法实现的爱情和抱负。

苏里坦看到妻子做了馄饨，嘱咐她：“把古丽叫来吃馄饨。”

“古丽忙着带客人参观王宫的展览呢。”妻子一边盛饭，一边头也不抬地回答，苏里坦看出她明显有点吃醋。苏里坦跟她说过古丽长得像他初恋的回族女孩海池尔。关于苏里坦跟海池尔因交不起六根金条而宣告失败的求婚，半个柯卡城的人都知道。

妻子侧面问过他，那时候，他跟海池尔到底发展到了哪种程度。

苏里坦说："我赶着马车带她去沙漠里看胡杨。"

妻子瞪大眼睛，"那时候王宫里就允许你们一起出去？"

苏里坦故作神秘："王的秘密，哪能随便告诉你，你也没告诉过我你的恋情。"

"我嫁给你之前，从小到大只知道帮父母干活儿，哪懂什么恋情。你啥话都会跟古丽说，却不愿意跟我说，就因为她长得像海池尔。"

"我想多跟古丽说说我的先王们，讲讲历史，这女孩有灵性，她介绍王宫的历史，参观者印象很深，与我平时跟她唠叨这些事情有关系。"

"你寂寞的话，多跟我说说那些历史，我也愿意听。"热依罕小心翼翼地说。

苏里坦笑了："哪有王天天跟老婆炫耀自己的辉煌历史的。我讲多了，你就打瞌睡。上次去沙城，我在车上跟你讲先王的故事，你都睡着了。给睡着了的人讲历史，我可没有耐心。"

热依罕惭愧地不再吭声。

古丽来了，热依罕躲到一边去收拾苏里坦的衣服。她恨自己不识字，她知道苏里坦跟古丽谈话，她插不上嘴，她只能帮男人做做饭，洗洗裤子，熨熨衣服。她不时地偷偷看一眼跟古丽相谈甚欢的苏里坦，内心对古丽充满了羡慕。

苏里坦给古丽讲自己去麦加朝圣的见闻。古丽尊称他阿吉爹爹。苏里坦还对她讲那些因为各种原因被挪动的历史。

“阿吉爹爹，阿凡提到底是维吾尔族还是柯尔克孜族，柯卡有很多人说他不是维吾尔族。”求知欲很旺盛的古丽，喜欢把一些稀奇古怪的问题抛给苏里坦。

“你说的是那斯尔丁阿凡提吧，有的国家把他翻译成那斯鲁丁，那可是一个苏菲大学者，我们称他阿凡提，其实是先生的意思。他的故事在世界各地流传很广，流传到哪个地区，哪个地区的人们就会根据自己生活的环境来改编他的故事，说他是自己那个地区的，他到底是哪里人，是哪个民族的，人们的舌头在不同的时候，总是选择朝着自己有利的方向解释，让事实转向。这座城里，人们在渐渐忘了阿凡提的故事，以后的孩子恐怕需要对考证的历史进行一番再考证，才能知道这段被移动的历史背后的真相。”苏里坦凭着自己的判断耐心地解释这个让他猝不及防的问题，他不想在这个小女孩面前显得自己的知识有欠缺。

平时，除了跟古丽聊聊天，苏里坦住在王宫的深院里，感觉就像已经住在历史深处一样。他用翻阅历史资料，消磨真主恩赐给他的最后时光。曾经可更改的和不可更改的，被更改或不被更改的，延续的和变更的，过去了的一切和现在的一切，都会成为历史。柯卡王的王位世袭到他这一代就要结束了。尽管这是一段不可再现的历史，任何属于过这个家族的荣光都是不可再现的，历史就是如此，苏里坦知道，再也不会有一个像他这样的王，躲在历史深处喘息和咳嗽。

“谁又动了我的东西？”

“收音机永远定在维吾尔语台，不要随便移动我的调频。”

“电视机，永远定在新闻节目，其他按键都用胶布贴住。”

“记住，别人可以动我的王位，但不可以把我左口袋的小刀和耳挖勺移动到右口袋，那里有我的手绢。任何东西有它们自己的位置，我老了，记性不好，移动我的东西，就等于移动了我的记忆、我的历史。”

苏里坦希望将来他不在的时候，妻子依然能延续他的习惯。这个女人记得他的每一句话，懂得不懂得，她都试图加以理解，并不断地重复实践。他的任何话语，好像只有对她是圣旨，他相信她不会随意移动他的历史。

第五节　去北京

这年，苏里坦到北京去开会。妻子从来没有出过远门，他把她一起带到北京。妻子记不确切究竟是哪一年，也记不得苏里坦究竟开什么会。她只记得北京之行愉快而美好，但也有小小的不习惯，一是冷，二是饭菜不好吃。

北京的冬天真冷啊，感觉比南疆的冬天还要冷。苏里坦和妻子带的一袋子馕全都冻住了。苏里坦带着妻子住在宾馆里，宾馆里暖气不够热，他们两个也像冻僵的馕，一时化不开。苏里坦使出所有力气，也没掰下一小块馕来。身上又没带刀子，没办法切。

苏里坦拿起整只馕，啃了一口，递给妻子，说："沾了我口水的地方，松软了一点。"

妻子对准他啃过的地方啃了一口，捂住腮帮子，"冰得我牙疼。”

苏里坦去找服务员，提了一暖水瓶开水回来，俩人泡着开水，吃掉了一个大馕。

热依罕说：“我真想自己亲手做盘拉条子，吃饱了再喝碗拉条子的汤，我们一起躺着说悄悄话，让面和面汤也在胃里说悄悄话。”

苏里坦说：“知道你每天吃喝熟悉的东西，胃才不会担惊受怕。我带你去下面的清真面馆里，看看有没有拉条子。”

热依罕跟着苏里坦下楼，在楼下的清真饭馆里，看到有人在吃一盘东西，黑得像冒着热气的煤渣子，服务员说这是荞麦拌面，热依罕吓了一跳，本能地往后退：“荞麦拌面，怎么像是用炭灰做的？”

“吓怕了吧，我也头一次看见拉条子是黑色的，有抓饭，我点了两盘抓饭。”苏里坦拉过惊诧不已的热依罕坐下。

服务员很快端上了两盘抓饭，苏里坦一看，拍着饭桌说：“这也叫抓饭？这是胡萝卜丝炒米饭！”

妻子劝他：“至少样子还像抓饭，不像那个黑面拉条子，像把拉面倒进煤灰里再扒出来的。”

俩人勉强吃了几口胡萝卜丝炒饭，回到宾馆继续啃袋子里的馕。

苏里坦说："咱们的先王们来北京，该不会也吃胡萝卜丝炒饭和炭灰面条吧，这样的饭吃个半年，我宁可不当这个王了。"

苏里坦每天出去参加会议，留下热依罕一个人在宾馆楼上闲得无聊。热依罕饿了，下楼想去找找看有没有兰州拉面。到了大厅，很多人用惊异的眼神上上下下看她的打扮，大概奇怪她三九天，还穿着薄薄的一层花裙子。其实他们看不到透明的丝袜里面，她穿着肉色的棉裤。

热依罕好不容易从旋转玻璃门钻到外面，被倒灌的风雪堵在宾馆门口，门外没有一个维吾尔族人，她不懂汉语，连个问路的人都找不到，她干脆放弃了出门找饭馆的打算。

风打着呼哨，掀开了她的衣裙，像在威胁她，她按住裙子盖住肉色的丝袜，钻进大厅里面，裙子里抖落了一地的雪花，她注意到门口的保安都在用眼神嘲笑她。

苏里坦在北京开会，见到了许多以前在电视上看到的领导人。他们友好地与苏里坦握手、问好。苏里坦开完会后，带着妻子一起去参加检阅三军仪仗队的活动。那天，苏里坦穿了最气派的深蓝色呢子大衣，白衬衫打了领带，黑色皮靴是热依罕帮他擦的，像镜子一样闪亮。

出门前为了防止关键时刻想上厕所，从早上起来到中午，苏里坦和热依罕一直没敢喝水，为了防口干，他们保持路上少说话。那天苏里坦状态特别好，气宇轩昂、衣着笔挺。

到了天安门前，五星红旗缓缓升起，一群洁白的鸽子凌风飞舞。

长安街上，穿着蓝色海军军装的那些小伙子，扎着白腰带，蓝色海军帽下面的脸，长得特别好看，他们长得一样高，一样不胖不瘦，站在寒风里，像蜡像一样一动不动，眼睛都不眨。热依罕看得发愣，怀疑他们是不是真人，盯着其中的一个看了好一阵，发现他的睫毛会动，才确定他们是活人。

这些小伙子，他们每个人走路的动作、站立的姿势一模一样，连长相都分不出有什么区别，她感觉这是她到北京见到的最大奇观。

苏里坦那天也完全进入了另外一种状态，苏里坦太喜欢检阅部队的感觉了，这种历史性的时刻，让他变得雄心十足。他像一个真正的王那样威严，有统帅者的气势，热依罕从他身上看到了先王画像、照片里的那种王者之风。他在热依罕眼里，丝毫不像是他讲述过的那个靠编柳条筐、喂羊、做老鼠夹子和木工活，在监狱里活命的苏里坦，他粗糙的手插在蓝呢子大衣的口袋里，目光坚毅，派头十足，黑色貂皮帽下黝黑的脸上自信的微笑，舒展了唇边平时蜷曲着的皱纹。热依罕能感觉得出，那也许是郡王血液的遗传因子在他身上的隐现，他就像一个真正的统帅者。

检阅仪式完成以后，俩人回到宾馆暖气不足的房间里，苏里坦冻得抖抖索索，热依罕帮他换下了衣服，苏里坦对着窗外白茫茫的雪，一边啃着从家里带来的干馕，一边回味检阅海军仪仗队的那种满足感："我感觉和麦王最英武的时候一样，那时候他骑着高头大马，穿着黑绸、黑缎的军服，头戴黄边帽，脚穿军靴，佩戴双肩武装带，在他的两千士兵面前威风凛凛，他的四十名警卫全部穿着藏青色军服，每人一手手枪，一手短剑，腰上挂着维吾尔族马刀和一排手榴弹。可惜现在我用不着这些威风的装备了。”说完叹了口气，似乎有些索然。

过了片刻，苏里坦提议：“好不容易来趟北京，我带你去看看故宫里那些清朝的东西。”

热依罕问：“那里面都有些什么？”

苏里坦说：“有很多东西，就像乾隆皇帝御赐给咱们先王的那种红木家具、青瓷花瓶、玉碗，金银铜器。”

晚饭时分，苏里坦和妻子被接到了新疆自治区政府驻京办事处，席上他们终于吃到了地道的抓饭、拉条子，还有大块的水煮羊肉。

席间，苏里坦的一位老朋友带了一个纸盒子，上面画了一只鸭子，说是献给苏里坦的礼物。热依罕很好奇，拆开想看看里面到底装了什么礼物，打开盒子，一只烤得焦黄的整鸭伸长脖子仰着头，展开没毛的翅膀，一副胖得流油，飞不动的样子，看着又滑稽、又骇人。

“这礼物真够惊心动魄的，快合上盖子，小心它飞了。”苏里坦让妻子赶紧合上盖子，把它拿开。

在席上，热依罕一直瞪着那只盒子上的鸭子。不知道什么时候，苏里坦的一位南方朋友，把一只身上长满了八条爪子、肚子圆鼓鼓，活像一只巨大的橙红色蜘蛛样的东西，放在热依罕面前的盘子里，热依罕低头看到这只奇形怪状的动物趴在她的盘子里，失声惊叫道：“快赶走它！”

苏里坦镇定地轻抚她的背：“不用怕，它是死的。”

热依罕抚着胸口说：“死的？那它是什么时候爬上来的？”席间的所有人都笑了。

驻京办事处的这顿饭对于热依罕，比起胡萝卜丝炒饭和黑炭面还要骇人。

第六节　在王宫升国旗

在北京检阅三军仪仗队仪式，苏里坦印象最深刻的是升国旗，庄严的场面，让他感觉到一种战无不胜的国威。他永远忘不了1949年迎接解放军先遣部队时，自己怎样第一个把五星红旗插上柯卡城的。那时五星红旗对于苏里坦，是战胜一切厄运的战旗，是它让他战胜了命运中紧紧缠绕他的恐惧，他完全臣服于它强大的威力。后来在千佛洞升国旗，也是发自内心。从北京回来后，国旗带给他的感动，那种感觉久久不去。为了回味体验那种感觉，苏里坦开始在王宫里升国旗。

在王宫的院子里的一片空地上，他搭了一个升旗台，他让妻子在一边拉住旗的一角，然后亲自从旗杆上把旗一寸寸升上去。这一举动引来了不少游客拍照，“王宫升国旗”立刻成为新闻事件，报纸电视开始铺天盖地地宣传。

每天早上起来，沐浴更衣后，打开录音机，威武雄壮的国歌声射向空中，头顶上的乌云顿时被清扫干净。苏里坦庄重地脱掉白帽子，摆放在一边，扬起旗杆上的五星红旗，看着它不断上升，旗帜在风中猎猎作响，像是在对着风说着一些神秘的句子，风把那些句子连同国歌一起往高处送。红光映红了妻子苍白的脸，映红了她头顶上的一块小秃斑。因为这块小秃斑，她连晚上睡觉，都不肯摘掉头巾。在这面圣神的红旗面前，她揭下了头巾，端庄地站在国旗下面，头抬起来，看着天空，在红旗飘扬的更高空，天空中有鸽群飞过，那情形就像在天安门前看到的情形一样。

亲近红旗，总给苏里坦带来一种安宁感。有时候，他把他的所有厄运，都归结于他曾被人为地与五星红旗隔开。他崇拜和热爱这面庄严的旗帜。然而，一个又一个时期，他身上被盖上黑色的印章，试图让他与这面红色旗帜之间，硬性地竖起隔离网，但这个时常表现出懦弱的人，内心却从来都没有屈服。苏里坦认为他人生所有的灾难，都来自他失去了与红旗亲近的资格，只要他能够亲近这面红旗，与它建立亲密的关系，他的内心就会摆脱恐惧。在它的怀抱里，没有什么力量可以伤害到他，他把自己交给了它，他相信它强大的威力。

苏里坦希望火红的颜色映照这座王宫，他生活在火红的照耀包围之中，无忧亦无惧。老了，他已经没有别的奢望，只希望永远远离那些恐惧、毫无安全感的日子。苏里坦渴望一直高举着红旗，让风风雨雨不再侵扰这座王宫和这座城。这是他始终如一的信念。他不希望它倒下，失去它他就失去了依靠和保护。他知道这些恐惧来自他一度被迫远离它之后，所遭受的那些非人的折磨。他不想那些灾难卷土重来，那种灾难足以摧毁他生活的这座王宫，毁灭他的生活。

苏里坦觉得自己的选择何其正确。只有五星红旗能对抗一切灾难，保护王宫和这座城。苏里坦在王宫举行升旗仪式，所有的灾难都被拒之门外。

“有一天如果我躺在病榻上，没法站起来再升旗，你让儿子挂一面国旗在正墙上，每天早上醒来，我眼睛看着国旗，你就自动站在一边，等天窗外的鸽群打着呼哨飞过，让我在心里默默地完成一次升旗仪式。”苏里坦嘱咐妻子。

苏里坦知道即使他走了，这面旗帜也会依旧在王宫升起来。

苏里坦坐在一边给热依罕磨剪刀，看着她一边给花松土、浇水，一边不住地唠叨。他坐在门口，扎扎弄坏的拖把、扫帚，这是他年轻的时候练就的手艺，喜欢经常温习温习。

“用过的东西，用完后都要放回原处。扫帚有扫帚的窝，拖把有拖把的槽，谁也不能占了谁的。”苏里坦絮絮叨叨着，“如果放错了位置，扫帚和拖把会生气的。拖把和扫帚不和，事情就会干不好。拖把用完要挂在水槽上，扫帚用完要让它躺倒休息，扫帚不能总是站着，扫帚站累了，它就不会好好干活。”每天打扫完院落，他们一起坐在夏季厨房旁边搭的那个凉棚下面喝茶，似乎也要把自己归置到原位。

什么都要归位，这恐怕是苏里坦身边长期没有女人，一个人生活时养成的整理习惯。一个人生活也有好处啊，这扎扫帚、扎拖把的手艺都是他自学的。

苏里坦的外套每次脱了都挂起来，衬衣叠得整整齐齐，袜子两只套在一起挽成一团，不会东一只西一只。

从四月份开始，热依罕就要忙着扫柳絮，落下来一把，就扫掉一把，她担心柳絮让苏里坦过敏，引发瘙痒症。夏季，热依罕每天要扫各种颜色的落花，秋季她要打扫各种花瓣，各种形状的落叶。苏里坦不喜欢焚烧落叶和花，热依罕会把它们堆起来，挖一个个小坑，掩埋在树根下面，让它们再次回到泥土里。

“这些我植的树和我们一起侍弄的满园花草，它们都会替我们活着。”苏里坦的话经常被他的咳嗽声打断。

天气太热了，海棠花的耳朵有点垂下来，苏里坦起身给它们浇水提提神。他喜欢看着花花草草都精精神神的。只要看见一朵花的耳朵耷拉下来，他就会拿起洒水壶，给花下一阵雨。

他在院子里踱步，总是掂着一把剪刀。

热依罕说：“不要总是举着剪刀去惊吓那些花，它们没有恐惧，就会落得晚点。”

苏里坦说：“花满身长了耳朵。你不要说剪刀，它们就不会害怕了。”

他还是不由地把剪刀背到身后，像一个做贼的人那样，看到枯萎的花和花耳朵，把剪刀从背后拿出来，迅速剪下枯败的花叶：“不用怕，小美人，头发分叉了，帮你修剪修剪，噢噢，不会弄疼你的。”他会把剪下来的枯花败叶，兜在袋子里交给热依罕，让她埋了。

苏里坦不喜欢看热依罕挖坑和掩埋花的枝叶，他心里会觉得悲凉。修拖把、扎扫帚这些活儿，他干得特别乐观卖力。他坐在凉棚里，把铲子、刀子、剪刀磨得光亮锐利。磨这些利器的时候，他会对热依罕喊，“婆娘，告诉花草们，把耳朵闭上，不要听我磨刀的声音。”

“你如果不大喊大叫，花草们就不会知道，这是磨刀的声音。”热依罕埋怨他。

“噢噢，看我又把这个给忘干净了。”他一边磨，一边嘟囔着。

热依罕背过身，用头巾的一角捂着嘴嗤嗤地偷着笑。

第七节　在新与旧之间穿梭

斯莱曼早上吃下一大碗奶皮子茶泡馕之后，洗了大净，准备骑着他的电瓶车上巴扎溜达。出门前小妻子给他披上军绿色的大褂，再把他的拐杖挂在车把上。斯莱曼出门前最后一个步骤，是检查家里唯一的一支钢笔，有没有别在大褂的衣袋上，他摸一摸直到确认钢笔在，看看钢笔在胸前银光闪闪的，他这才会出门。

斯莱曼说：“没带钢笔，就像没带拐杖一样。”

小妻子说：“那只钢笔，好像能代替你的瘸腿似的。”

斯莱曼说：“你哪里知道，这只钢笔比这条瘸腿还要珍贵。”

他也是肚子里有墨水的人，可惜那点墨水没帮到他，还在过去的年月害得他没有少受苦，他瘸了的那条腿，似乎还在提醒着过往的一切。

斯莱曼车坐后面是一只黑色塑料筐，这也是他手编的杰作。他把礼拜毯用塑料袋装好，放进黑色的塑料篮筐，又抓了一把玉米粒放了进去。塑料篮筐不怕水，脏了可以冲洗，他用它装市场里买的菜。塑料篮筐很大，因为来家里吃饭的人很多，都是男人，三个儿子从部队回来后都当了客车和货车司机，饭量大得出奇，拉条子一个人能吃三盘子，煮肉一顿要煮上半只羊。

斯莱曼家在老城东头一条幽静的巷子尽头，屋子三面环坟，葡萄藤爬满了葡萄架，院子里终年放着音乐。不出门的时候，他喜欢坐在葡萄藤下打盹。

斯莱曼的前妻多年前就殁了，他娶了一个皮肤黑黄的乡下小姑娘做妻子。小妻子比他小五十岁，看起来像一个时时刻刻照顾他的孙女。她来的时候一把骨头，如今胸满臀肥，已经是一个纯熟的女人了。如果早几年斯莱曼娶她，兴许还能生个一男半女的，现在年纪大了，再好的地给了他，他也种不出庄稼了。

大概是怕他年轻的女人出门，招惹街上的男人，买肉买菜，都是斯莱曼骑着电动车去巴扎。小妻子嫁过来三个月，从乡下的娘家回来，在柯卡城里迷了路，认不得自己的家门。结果走到王宫，让苏里坦把她送回来。除了知道柯卡有个王宫，她甚至说不出自己住的位置。

斯莱曼跟原来的妻子很恩爱，他们一起在麦加拍的照片，现在每天被小妻子擦干净，摆在床头。她在天上等着他呢。现在地上有个年轻的妻子，照料着他此世的生活。家里搞麦西热普，瘸腿并不妨碍他拄着单拐，搂着年轻的妻子在葡萄架下跳舞。斯莱曼觉得真主待他不错，他有什么理由不唱不跳呢。

今天是主麻日，斯莱曼骑上四轮电瓶车沿着热斯坦街一直往前开，电瓶车驶过摆着苹果、梨和切开的西瓜、伽师瓜的小摊点，他常常借着买羊肉，从家里出来，四处逛逛，在桥头会会老朋友喧喧荒，听点老城新近发生的事情，到了晌午再跟大家一起赶去清真寺做礼拜。斯莱曼用赶驴车的架势，开着四轮电瓶车奔驰，军绿色大褂后襟盖在军绿色的四轮车上，兜满了热斯坦街上充满沙土味的风。

沿街是各种价格低廉的日用杂货店、馕摊、烤包子摊、干果店、香料店、面食店和蔬菜水果店。斯莱曼熟悉这里的味道，如同熟悉老城的人们在热斯坦这一条街上世世代代不变的生活。

就像斯莱曼的房子跟墓地没有界限一样，这座城生者和死者之间没有界限，最大的坟地就在城中，柯卡城大片房屋的中间被圈起的都是坟地。离斯莱曼家两步路的那片坟地，人们回家从坟地中间穿过，那些土屋子，几乎陷在群坟里，三面被坟包围，一面是路，那是生路。有生路的地方，人就会活着，为生奔忙。开着拖拉机或者赶着毛驴车，扬起烟尘。那些活人扬起的尘土落在坟地里，坟土落在生者的院子里。生者把树种在坟头旁，树荫为路人遮挡着太阳。

几条巷子从坟地穿过。似乎每条巷子都通向墓地，又似乎每条巷子都通向巴扎。墓地和巴扎，亡人和活人的区域，几乎没有间隔。出了家门过桥就是清真大寺，从巴扎的巷子口绕进去就是那片坟地，人殁了，从清真寺抬到墓地，也就烧一壶奶茶的工夫。活人的房子和亡人的墓地都是黄土的，墓地在巴扎的背面，看起来就像死是生的背面。生者从房屋里看着亡人安眠，亡人在坟地里看着生者忙碌。人们从不因为住房靠近墓地，就觉得有什么不便，越是靠近墓地，就越是靠近天堂。

斯莱曼每周四都去看望亡妻，柯卡城里的亡人和生者有来有往，不会因生死而两隔。那沿路的坟，密密麻麻，层层叠叠，那些坟上的木栏杆，从路边走过，伸手可及。活人和亡人混居着。活人在地上生活，在地下，亡人除了不再吃人间茶饭，与在世者没多大区别。鸽子和飞鸟在代替人洒在门口和坟头上的玉米粒、鹰嘴豆和大米小米、高粱。

星期四，柯卡城所有的坟墓里，都会有人撒上玉米粒。这天早晨，人们带着鸟食去走坟，那些粮食，会生在鸽子和飞鸟的身体里，它们会带着人间的种子，飞向天堂。地上的灵魂和这些飞鸟一样，是自由自在的。

太阳下的这座城市，从来不区分阴面和阳面。人们的房子，门窗可以朝着任何方向敞开。太阳和月亮平等地照耀着生者，也照耀着亡人。

斯莱曼从老街穿过去，两边充满烟火气的抓饭包子店和烤肉摊，市声鼎沸。默念“比思明俩热合玛尼热黑姆”（奉普慈特慈的真主之尊名），一只脚就从街市跨入墓园。

墓地一侧的牛杂工坊里，络腮胡子的维吾尔男人用铁叉穿着牛头，架在用巨大的铁桶自制的炉子上，一边在熊熊的炉火上燎烤牛头，一边翘望三三两两穿越墓而来的买主。牛头在烧红的铁炉上，泛出青铜的光泽，烤牛头的香气飘向墓地。

清真寺前的葡萄架下，几个老人趁着晌礼时间还早，在为葡萄藤挂上搭好的木架子。这里是通往墓园的必经通道，铺在地上的人们做乃玛孜的花毯子，被卷起了一半，为去墓地的人们让出了一条临时的小路。

地上、毡子上，落了零星的枯叶残枝。枯枝离开了葡萄藤，就不会再发芽了。总有一些葡萄藤会离开根枯死后被剪掉，它们被捡拾起来作为养料埋在葡萄根部，或者作为柴火放进炉灶。

斯莱曼走进一道栅栏，世界翻转过来，像是陡然间来到了世界的背面。各种花卉纹样的石膏雕花和镂着铭文的花砖装饰的墓体，像是拱起的摇篮形状，斯莱曼心里感念真主，也许死亡就是普慈特慈的真主赐予的婴儿一样香甜的睡眠。她的前妻此刻正安详地睡在真主恩赐的摇篮里。

斯莱曼蹲在前妻坟前，紧挨着长着枯黄的芦苇的坟头诵经，坟头干枯的树枝上挂着几缕白色的布条，膝盖前的泥土里，一株娇嫩的紫色花将开未开。斯莱曼尽力侧着身，避开路人，虔诚从他前倾的跪姿和隆起眉峰间透射出来。诵完了一段苏嘞，他把身子往坟头上移了移，紧贴着坟堆，坟体上就像贴着一个倾听的耳朵。

斯莱曼祈祷的声变得沉郁。趁着接都阿，他用力抹了抹高耸的鼻子和深陷的眼窝，把树枝上快要飘落的一块三角形的白布重新系上去，跟坟头对视了一会儿，把临出门时装在塑料袋里的玉米粒撒在坟头上，然后吃力地用那条健康的腿支撑着身体起身离开。花泥和黄黄的坟土，牢牢粘附在他的裤子上，厚厚的像是墁上去的。

向死而生的柯卡人，生伴着木卡姆乐舞生，死后灵魂在《古兰经》中得到安歇。斯莱曼留意到到这里来上坟的男人和女人，他们丰美的胡子和她们妖娆的辫子上，都保留着那种千年不变的世俗生活的美感。

在墓地和街道中间诵经室的院子里，老榆树把树枝伸到了院墙外，墙外是生者的乐园，墙内是为死者站殡礼的地方，跨越生死两界的古榆树，枝条上结了串串榆钱，嫩生生的繁密异常。

小院紧靠着墙停泊着两张为亡人准备的带木栏的木床，像是放大了的摇篮，那是亡人在世上的最后一站。院中间载着一棵小榆树，树根下湿漉漉的，活人洗浴和为亡人净身的水，都成为浇灌这棵小生命的血液。

有人推开栅栏门从墓地走出来，有人推开栅栏门进到墓地里去，这里似乎被装上了生死两界的中轴，世界的正面和背面，随着这道简易的栅栏门一开一合，完成一种转换。墓地里的沙子扬起来，落在活人眼里，马路上的灰尘扬过来，落在坟地里。街市上烟熏火燎的气息飘浮着，生者和亡者同样享用着这烟尘，生和死一样诚实，世界的正面和背面，没有任何遮掩。

墓地外面，一辆婚车停在街市旁，漆黑的车身被鲜红的花束和艳丽的艾黛莱斯绸织成的花环围绕。路边一排卖维文书的书摊，偶尔有路人停下来，翻上几页，更多的时候，风把沙子打在书页上，像犀利的目光落在上面沙沙有声。斯莱曼从这里看过去，书摊像是一个象征或者隐喻，这些摆在活人与亡人之间的书，似乎被冷落，与现实中随时就能翻阅的生死相比，纸上的生死显得有点轻描淡写。

斯莱曼从墓地出来，一直往西，中间会路过一个粮油店，一个面食店，一个菜店。还有一家牛奶摊，一到下午会摆出白色的桌子。这几天斯莱曼没看到这家人摆摊卖牛奶，这让他觉得街面上缺了点什么。路边是一长排卖洋铁盆、土肥皂、土陶的碗碟，铜铸的茶壶、铁质洗手壶的小摊。妇女们蹲在烈日底下，顶着头巾坐在摊前，低头看着路人的脚，绝不会招揽，哪怕是用眼神示意路人买她的东西。

这一排摊子上，常年有众多卖家在摆摊卖同样的土货，任何一家主动的招徕，都会影响到其他人的生意。有人上前问价，主人会低着头谦卑地报价，声音低低的，以免打扰了旁边卖同样货物的主家的宁静。只有别人自动停在摊前要买她的东西时，这家的摊主才会抬起头来，内心的祈祷和对真主的感恩会显示在脸上。

完成了一笔生意的摊主，脸上全然没有兴高采烈的炫耀，仿佛做了一件很对不起其他同行的事情，其他摊点都会报以祝福安慰她，“这是仁慈的安拉的恩赐”。她们一起感恩安拉，祈祷安拉带给她们下一桩生意。

相互的祝福里，洋铁盆、土肥皂、土陶的碗碟，铜铸的茶壶、铁质洗手壶，这些人们平日用来饮食、净身的用品，在太阳底下，在街头旋飞的沙尘里，静待下一个客人来触摸和带走它们。

卖土货的旁边，斯莱曼前几年还看到卖鞭子、缰绳、笼头、鞴子、褡裢的，街上毛驴车、马车禁行以后，这些东西几乎都不见了。手艺人和他们漂亮的手工艺品，都被卷走，转移到了乡下的大巴扎。运气好的时候，还能在团结桥下大干沟的集市上看到他们的影子，或者在一条僻静的巷子里，看到他们在卖收藏品和工艺品的小店里，装饰性地挂着几条轻巧的鞭子和褡裢，供人玩赏。至于缰绳、笼头和鞴子这样笨重的家什，恐怕只有在民俗博物馆才能见到了。

土货街对面，本来有一些卖老歌带的，用木架子支着花花绿绿的盒带，摆在桥头，那些老艺人弹唱的快要失传的歌曲，总是在桥头惊动人们的耳朵，仿佛他们在桥头复活了。现在卖老歌带的摊子已经被卖碟片和手机套的占领。录音机里放着新式伴奏的维吾尔歌曲，节奏快得与老街上慢吞吞地行走的老人有点脱节。

在这些摊子的背后，是崭新的小商品市场和帽子巴扎，堆着女人们喜欢的色彩艳丽的艾黛莱斯面料、头巾、花帽，气味刺鼻的化妆品、厚厚的海绵胸罩、尖头的高跟皮鞋，这里是女人最迷恋的地方。

斯莱曼喜欢逛那些干果店、香料铺，那是所有的干花、干果的浓香集中和沉淀的地方，天然的香味让人迷醉。那些植物干燥后的花和叶子可以泡茶，薄荷茶、藿香茶，玫瑰花茶、红花茶，这些植物花叶，无论哪一种，只要加上蜂蜜或冰糖，泡出的糖茶都馨香沁肺，柯卡城的维吾尔饭馆里，都有这样的自制清心润肺的佳饮。

斯莱曼在老城有很多解除寂寞、消磨时间的方法，比如逛巴扎、喧荒、“转茶”、走坟。逛巴扎，让他活在现世，喧荒，让他沉浸在回忆往事中，走坟，让他打通生与死的边界，行走在此世与彼世之间，让他熟悉通往天堂的路径，“转茶”，让他品尝世间美食，品尝人间情义。

斯莱曼有一群“转茶”的朋友，坐在葡萄架下，吃美食，拥挚友，弹热瓦普，唱木卡姆，跳麦西热普，谈天地、说生死，这种塔玛夏（快活惬意）真是苏里坦（帝王）一样极致的快乐，这种快乐，是从逛巴扎、喧荒中体验到的快乐的总和。

斯莱曼停下电瓶车，拄着拐杖走上桥头，打算跟这里的老汉们喧一会儿荒，打发打发晌礼前的时光。

“嗨，伙计，你前几天去了哪里，怎么没看到柯卡清真寺参加葬礼。”桥头满嘴没牙的乞讨老人给斯莱曼打招呼。

“谁的葬礼，是熟人的吗？”

“就是住在王宫那边那家卖牛奶的，家里三个男人，全都在院子背后养奶牛的牛圈旁的一口老井里丧命。牛粪盖住了废弃的井，先是一个人掉进了井里，第二个去看，也掉进去，第三个进去没有出来，等到有人发现后，救起来，三个男人都没气了。后来才知道，是沼气中毒后晕倒，死在了井里。一家三个男人同一天埋葬，是柯卡城里的一件大事，半个城的人都来送埋。他们的坟就在巷子那边，种了三棵树，今天路过，看到树都活了，感谢真主。”

“难怪路边那家牛奶摊没开门，原来主人去世了。葬在这里好哇，葬在这里的人，一样闻着烤馕和牛奶的香味，城里的人吃什么，坟上的鸟也在吃什么。不同的是活着的人还在劳作，亡故的人躺在地下，跟活着的时候一样，一样享受着树荫。老伙计，求安拉恩赐，死了让我们再一起喧荒。”斯莱曼说这些的时候表情异常的轻松。

“说得轻巧，你怎么舍得扔下你的小妻子。”没牙的乞丐挑着花白的眉毛说。

“我为自己留的墓穴离家只有几步路，紧靠着我前妻的墓。我希望死后，每周四小妻子上坟方便一些，坟地远了，我的小妻子容易迷路。”斯莱曼说。

“她那么年轻，等你躺在地下，她又可以找个小伙子结婚，生一堆娃娃。”没牙的乞丐凑过来，故意促狭斯莱曼。

“发什么愁，我的命长着呢，这会儿她在家等我的羊肉下锅呢，我要去买肉啦，等做完礼拜，肉煮熟了，你们闻到香味就过来吃肉吧。”斯莱曼骑上电动车，将拐杖放在车一侧，一溜烟驶向团结桥那边。

这座桥的作用只是让两岸连接起来的一个通道，桥下面并没有水，是一条底部铺满沙子和塘土的大干沟。这几个老人像桥上的活塑像一样，从早到晚都依着桥头的石栏杆站着，在风沙中交头接耳。他们早已听不见自己和别人的声音，漏风的牙齿裸露着，仿佛干涸的鱼，嘴唇不住地在桥头的风里张合。

这些人在一起喧荒已经喧了几十年，他们之间如此熟悉对方的生活，即使听不到对方在说什么，从表情和手势，彼此也能分辨出对方，那像沙漏里流出的沙子一样细密，跟时光一样悠长的闲言细语已经娓娓絮叨到了哪一段。这些喧荒的人从这座桥诞生就开始了，斯莱曼想，只要这几个老人没有被白布包住，送进热斯坦清真寺的埋体房，他们的荒就会地老天荒地喧下去。

过了桥，一排卖牛奶的女人蹲在路边，面前透明的瓶子里装着牛奶，那牛奶晃一晃，浓得像稀粥一样黏在瓶子上，一看浓度就知道，能煮出厚厚一层奶皮子。这样的牛奶斯莱曼喝了半辈子，烧出来的奶茶浓香幼滑，像丝绸划过舌尖。

卖牛奶摊子的背后，羊肉挂在一排铁架子上，卖羊肉的巴郎子歪戴着小花帽在磨割肉的刀子。这家肉摊，最早是他爷爷卖羊肉，之后是他父亲，后来是儿子，现在已经是孙子在卖了。巴郎子有着祖辈一样的耐心和祖辈遗传的笑容。

斯莱曼站在肉摊前精挑细选，买去包馄饨，最好捎点胸骨煮汤，做抓饭最好买羊排，加一点羊尾巴油，拌面和烩面的肉最好是买前腿肉。肉铺的巴郎子会不断地出招，这些都是上辈传下来的经典招数，不按照他说的做，饭菜就做不出地道的味道。

无论大主顾、小主顾，谁都可以选最称心如意的那块肉，即使桥头的乞丐，哪怕就买一口肉解解馋，巴郎子也会像对待买了一整条羊腿的主顾一样满脸笑容。如果来个财大气粗的，把整只羊扛走，巴郎子今天就没事可干了。只要他觉得生意一直在进行，羊肉从早到晚挂在街上，他就是个有事干的人，脸上就有一份干事的人的满足。

老街上的住户都不是有钱人，肉买的再少，也不必觉得寒碜。一只羊摆上一天，每次就是卖出麻雀大的一块肉，巴郎子也不会皱一根眉毛，他给足了称，还会加上一块香嫩的羊肝或者半把新鲜的羊肚油。对常来的顾客，可以看作是友好的奖赏，对偶尔买了一二两肉的穷人，那不啻是不露痕迹的慈悲，施者和受者，买者和卖者，天平的两端，都被那块没过秤的羊肝或羊油添加得平衡了。几十年来，这条街上已经有太多的老人，吃了这家羊肉摊添加的羊肝和羊油，补了血气增了体膘，他们心里感赞安拉胡，斯莱曼以普慈特慈真主之名祈祷，愿真主将赛瓦布回赐给这家人，使他们的生意在这条街上世世代代做下去。

斯莱曼买好了羊肉，看了看日头已经到了正午，巴扎上的男人开始陆续赶往热斯坦清真寺。

热斯坦清真寺前的礼拜广场上，晌礼就要开始了。斯莱曼把四轮电瓶车放在一个杂货店门口，从电瓶车的后座上的塑料筐里的塑料袋内抽出礼拜毯，一瘸一拐向着清真寺走去。

宣礼塔上，头缠象牙白缠布的阿訇晌礼的唤礼声像往常一样响起。阿訇洪亮的声音，带着祈求和悲怆，又如宣布生命终结时那样盛大隆重。斯莱曼每一次倾听，都像是回到生命的最初，他的耳朵就像初生婴儿一般洁净。

人们铺开各自带来的礼拜毯，跪在清真寺前。刚才巴扎人们往来穿梭的道路，顷刻变成了虔诚跪拜的处所。男人们匍匐在地上，花帽子、白帽子齐刷刷地抵住地面上，转而又盛开在尘土里。沾满灰尘的鞋子，静静地泊在礼拜毯外面，像搁浅在尘世的船只，静待着闭目祷告的主人。

斯莱曼做完礼拜，把地上铺的礼拜毯卷成一个筒，努力支撑着瘸腿站起来，靠着清真寺墙的一角，从容地打量着眼前的人流和这个老城。

散了乃玛孜的人们，低下身子，把礼拜毯上的尘土拍打干净，叠起来装在包里，或搭在腕上，人群缓缓地向团结桥上移动，桥头的饮食摊上，鲜美的烤羊肉和清凉的西瓜味，在正午灼热的空气里分外诱人。

这个老城，似乎被巨大的齿轮卷了进去。各种从未有过的喧闹盖过了老城的宁静。一些陌生的东西填充着这个城市，它们的加入使这个城市不断膨胀，有时机器的声响轰鸣如雷，更多的时候，这些东西的到来悄无声息，往往是那些悄无声息的东西，不知不觉中渗透和改变着这座老城。人们观望、加入，或者被推着往前走，像大风里的树变得头重脚轻，摇摇摆摆，东倒西歪。人们能感觉到这风向，但看不到，抓不住，摸不着，一切变化都伴随着焦灼、盲目和无所适从。这是一座暮世之城。斯莱曼觉得一座城没有过去是可怕的，一座城如果只沉浸在过去，无从看到未来，就如同沉入黑夜，看不到黎明一样，也是无望的。相比于桥那边的新城，这里的一切，似乎在一夜之间变得陈旧了，呈现出沉沉暮气。

斯莱曼喜欢一切都保留着记忆中的样子，他一日日地陷进回忆的泥沼无力自拔。斯莱曼发觉自己真的老了，正陷落在暮世的光亮里，那最后一丝光亮，还映射在他的瞳孔上，它遮蔽了世界。他只看见光亮，光亮让他曾经遇见的所有苦难都远离他，他在逐渐摆脱苦难。所有快乐的记忆都围拢来，又渐渐退散，只留下那一丝来自天堂的光亮，照临在他这个徘徊在阴阳两界之间的暮世之灵身上。

斯莱曼在人群中看到老朋友苏里坦朝着自己走过来。

“嗨，悠闲的王爷！您今天是亲自出来巡视老城吗？”斯莱曼迎上去，拄着拐杖夸张地行了礼，展示他的幽默。

“我就要成为历史了，老的时代早已结束了，伙计，难道你还活在梦里吗？”苏里坦走上前，拍拍斯莱曼的肩膀，似乎要从睡梦里把他拍醒。

“你对于这座老城很重要，你是新与旧之间的标志。就像这座大干沟上的团结桥一样，你连接着过去和现在，难道不是吗？”

“老的随它去了，新的总要来的，我们每天谁又不是活在新与旧之间？我无法判定，对于这个古城和族群，我是不是很重要，没有了谁，历史难道会就此中断？柯卡每天依照它自己的秩序运转，我们只有不断适应各种新旧变化。”

“变化太快了，快得让人心里慌慌的，新城里那些肉铺前的地面都在开挖，羊肉上面都蒙上了陌生的土，肉铺马上都要变成超市了。你再看看你现在住的王宫，墙上的文字大多是汉文，来参观的大多也是汉族游客。”

“实用一点，老伙计，文字为人的需要而预备。对于已经按照既定的规律存在的事情，否定什么和肯定什么，本身就毫无意义。变化就是变化，无论如何，你必须接受。进步、落后，发展、停滞，中心和边缘，一些人定义文明所处的环境、持有的标尺各异，以什么为定位准绳？现在任何定论恐怕都为时过早。我喜欢老城区的陈旧与宁静，也喜欢新城区的崭新与喧闹。桥这边是由旧积聚而成的历史沉淀，桥那边昭示着时代的速度与活力。我们在这两者之间穿梭往来，厚此薄彼和厚彼薄此都会显得愚钝和不合时宜。这座新旧兼备的城，仿佛同时拥有时间两端多个迥然各异的感触器官。过去和未来，看似由那条干沟隔开，其实，你仔细去看，世界上看似不同的两种事物之间，都有一种必然的连接，没有一段生活，是与过去截然断开的。那条干沟上的团结桥，刚好完成了这种连接。”

苏里坦接着说道：“至今安然生活在其中的居民，为老城完好地保留着千百年来的生活方式。在老城你可以挽着柳条筐，坐着毛驴车在大巴扎上买土肥皂和驴缰绳，在新城，我可以坐着小汽车，乘着电梯上百货大楼购手机、电脑。你不觉得，这个时候新和旧，历史和现代在心平气和地进行着意味深长的对话吗？”

“毕竟有一些东西，在我们不知不觉中慢慢消失，老城最标志性的建筑是清真寺，新城多是歌舞厅，原来在葡萄架下跳舞弹琴的人，现在都去了歌舞厅，你应该能感觉到这种不一样。”斯莱曼沉吟道。

“难道你不承认，一切都在时间中培养，一切都在时间里消亡。想想这个城的周围那些你看守过的大大小小的佛窟。想想过去造佛窟、佛像、诵佛经的，也是高鼻深目的大胡子的当地人，再看看如今柯卡城里到处是清真寺里诵念《古兰经》的人们，历史留给这一片土地的遗存真是意味深长。老伙计，没有哪一种生活是必须从生活中剔除的，即使人为地剔除的东西，寿命没有到，也很难割除，即使刻意铲了它，它又会从适合生长的土壤里探出头来，悄然生长。清真寺和歌舞厅在这座城市里，分别满足不同的人不同精神需求，完全可以相安并存。说穿了到了我们这个年纪，连生与死也不是一对不可调和的矛盾，你看看那些堆在院子周围的土坟，天天面死而生，让我们对生反而有着更深切的理解，难道不是吗。”苏里坦说。

“没错，真主让人在生生死死中绵延不息。可我总是在想，你的死会不一样，如果你不在了，王的时代就结束了。”斯莱曼说。

“伙计，你知道吗，我这一生干过两件自认为得意的事情，一个是帮助整理柯卡的文史资料，一个是为别人落实政策。一个让我深入了解这座城的历史，一个让我看到了正在发生的现实，这就是将来的历史。历史就是一种存在，是存在的另外一种形态。”

“你应该给这里的历史留下一些东西，你自己就是活的历史，如果你死了，柯卡王宫就剩下一座死的建筑，不能给人那么深的印象了。”

“我每次踏进王宫，看到先王们的画像和蜡像，都觉得历代的柯卡王，他们只是换了一个方式活王宫里，活在这座老城里。一代代的先王们，依然可以从那些画像上走下来，从博物馆、展览馆的那些遗存中站出来，变换着不同的方式，向世人说话。大到一个国家，小到一个边疆小城，它们都有属于自己的历史，从清代乾隆皇帝册封，到现在两百多年，我的十几代先人都是在这里出生、长大，为政一方，有几位先王为了维护国家统一，被暴徒杀害、活埋……我希望人们在我死后，在没有王的时代，人们也能记得这些历史。”

苏里坦说完，听到斯莱曼用低沉的声音祈祷：

“真主啊，这个世界自有无法超越的秩序、不可更改的规律和准则。愿您将那些在云遮雾绕中的历史袒露出来，愿您的恩泽像太阳的光芒，刺破云层，把真相昭示在天上。感赞安拉！愿世人处处遵从历史，遵从上天的旨意。”

第八节　离去

王宫大门口，有一个剃头的雕塑，很多剃头匠一开始以为是这条街的广告，在这里摆起了露天剃头摊，一直为苏里坦剃头的乌斯塔木的生意也在这条街上红火了一阵，后来剃头摊被城管清理进了巷子里，后来乌斯塔木去世了。现在苏里坦剃头，都要到巷子里去找乌斯塔木的儿子。

头发这东西，代替人一次次牺牲落地。在监狱里，苏里坦第一次剃光头，剃掉胡须，他感觉尊严落地。坐了几年监狱出来，他反而养成了剃光头剃胡子的习惯，一个星期不剃头，就觉得奇痒难忍。中医说这是荨麻疹，胆汁分泌变得异常，皮肤上就会长出疹子，导致全身发痒。苏里坦怀疑自己小时候被吓破了胆，心里一有害怕的事，就会全身瘙痒。这种症状消失了好多年，瘙痒最近又从头部开始，向着全身蔓延。

春节，听说父亲身体不适，阿扎提让妻子开着车送他到王宫来看父亲。正在用木炭为苏里坦煨中药的热依罕赶紧解下围裙，出门迎接。阿扎提被妻子扶着下了车，热依罕把轮椅从车上放下来，俩人推着轮椅进了王宫的会客厅。

“春节，新城里人多吗？”苏里坦连着咳嗽了几声，清了清嗓子问儿子。

热依罕将苏里坦从沙发上扶着坐起来，苏里坦看到儿子似乎胖了点。

“街上没有人走动，一点也不像往年春节。”儿子把轮椅靠在茶几边，身子坐在轮椅上叹息。

“该死的咳嗽，又来袭击我了。”苏里坦剧烈地咳嗽起来。

热依罕丢下手里正在剥的杏仁，扶住苏里坦的腰帮他拍背，想缓解他的咳嗽。

“轮椅的轮子平时该多上些油，推起来有点重。”儿子坐在轮椅上，对妻子撇了撇嘴。

“我觉得胸闷，想出去看看，顺便找乌斯塔木去剃个头。”苏里坦看了儿子一眼。

“我们陪您一起去。”阿扎提用目光示意妻子帮他推轮椅。

“心里一害怕，头皮瘙痒不止，像是无数的虱子在啃咬我的脑子。我几乎治愈了的瘙痒症，偏偏到了这个年纪，又开始发作了。”

“也许是人老了，害怕长白发。”妻子安慰说。

“白发在咬我的头皮，我再不去乌斯塔木那里理发，白发就要钻进我的脑子里吃我的大脑了。”

“外面风大。”妻子在身后恳求。

“把我也扶上车。”阿扎提的口气里，有种不可拒绝的倔强。

热依罕帮丈夫穿好棉大衣，戴好了皮帽子，把围巾在他脖子上绕了一圈，阿扎提的妻子推着丈夫的轮椅出门。在院子里，两个女人在司机的帮助下，吃力地从两边搀起阿扎提，先把他架到了车的前座，用布带子将他的身体固定好，然后再从会客室把苏里坦扶到车上。

司机把车开出了王宫大门，驶过房屋低矮、星空高阔的旧城区，进入楼群林立，天空低垂的新城区，天空浑浊得像一大块脏抹布。主街道上，挂在葡萄架上的红灯笼，像是没有尽头，沿着没有车辆和行人的马路一路亮下去。在寒冷的风中，这些葡萄架上的灯笼，像是认错了树枝和季节的果实，给人不合时宜的虚假荒诞感。本来装饰这些灯笼，也许是想营造节日气氛的愿望，结果适得其反地衬托出街道的空寂。两边行道树上造型各异的彩灯艳丽炫目，装了彩色电灯泡的花树正凭空吐出粉紫的杏花、艳红的桃花、灿白的梨花，有几道放射状的焰火扫过高空，在前车窗玻璃上投下虚幻的影子，五颜六色的喧闹滑下去，消失在远处的地面上。

在路口的红灯下面，一个披肩及地的老妇人，抱着孩子跪在路边，忧伤的黑色眸子闪着冰冷的光。她躲避着车灯的光亮，低下头皱起双眉，把苍老的脸埋在怀里的孩子身上，她头发花白，五官低垂，满面愁容，从她张合的口唇看得出她在祈祷，又似乎用呻吟隐忍着灯光传递给她的刺痛。

“也许她怀里的孩子病了。”司机把车停在路边，把头探出车窗，招呼那老妇人上车。妇人警惕地用头巾挡住脸，摇了摇头。

车子离那个妇人而去，车前窗玻璃上血红的灯笼和路边诡异的彩灯，让苏里坦觉得身体瘫软，刹那间有种浑身失去了重量，失去了知觉的麻木感。

苏里坦几乎每个星期都得去理发，给他剃头的那个老人过了世后，老人的儿子接替了他父亲。

进了理发店，一股染发膏刺鼻的气味迎面扑来。苏里坦找了一张斜度最适宜他的椅子上躺下，对年轻的乌斯塔木说：“乌斯塔木，帮我剃掉啃食我脑子的白发。这些忧愁的白发，如果不把它们剪掉，我真的害怕一觉醒来，它们会淹没了我。我常在梦里梦见我的白发像山洪倾泻而下，让我沉没和窒息。”

年轻的乌斯塔木知道苏里坦又犯了瘙痒病，干脆剃光了他的头发，推荐他留个八字胡，他说：“八字胡最显王者风范。”

苏里坦猜测，他大概觉得他的脸太消瘦，八字胡能遮住口唇周围的褶皱，会显得精神点，于是点点头说：“留个八字胡也好，这多少可以弥补我头顶的光秃感，至少不会让我的头脸看上去像贴两片眉毛的光葫芦。”

这辈子没留过胡须的苏里坦觉得，能在活着的时候，尝试一下留胡子的感觉也不错。当乌斯塔木帮他修好了胡须，让他照镜子，苏里坦惊奇地发现，他留了八字胡，竟然有几分像当年的麦王。他在镜子前照了很久，想想自己已经活到了比麦王多一倍的年纪，大半生历经磨难，没领受像父王那样的荣耀，却也没有像他那样悲惨地死于非命，心里浮出一些在白发丛中看见黑发般的感恩与喜悦。从镜子里，苏里坦看见背后轮椅上坐着的手脚越来越萎缩扭曲的阿扎提，立刻，又有一种悲凉像霜雪盖住麦苗一样，盖过了那一丝刚刚冒芽的喜悦。

双腿不能站立以后的这几十年，阿扎提只能陪着父亲理理发，或者坐着轮椅跟父亲一起在老街访贫问苦。如果没有这个坐着轮椅的儿子跟着，苏里坦受过的苦，很可能已经被人们淡忘，在别人眼里，苏里坦似乎一直是王，有着绝对的优越感，从来没有什么苦楚。苏里坦也喜欢带这个残疾儿子，阿扎提知道父亲怕他寂寞，在变相地对他做情感上的补偿。

如今阿扎提成了父亲历经磨难的一个活见证，他长得跟苏里坦一模一样，他的形象，就是一个遗世者的象征。阿扎提坐在轮椅上，他不再延续父亲的王位，只承载着他的疼痛。

阿扎提一生追随父王，他怕父亲走了，把他一个人留在轮椅上，成了父亲的“活遗物”。苏里坦修造的墓穴一侧，就为阿扎提留了一个殁了后安身的地方。阿扎提经常想，若父亲死了，他也不想再活着，他想早点躺在他身边，像小时候那样，跟父亲做伴，给他暖暖脚，挠挠痒痒。

墓穴让阿扎提回忆起小时候，他和父亲曾住在离王宫五百米的地窝子里。

地窝子很潮湿，阿扎提曾经在拓土块的冰水里泡过的有伤的腿，从那时候起就时常疼痛。苏里坦一害怕，就会浑身起红色的水泡，阿扎提觉得父亲也是在那时候染了湿气。每天晚上阿扎提帮他父亲抓痒，苏里坦的肩背被他抓得溃烂流水，还是解不了痒。

阿扎提不忍心再抓。苏里坦说："孩子，这点痛痒不算啥，狠一点，再狠一点。记住，你活着，就是我活着。我的生命在你身上会得到延续。"

阿扎提拄着拐杖，被人搀扶着出现在父亲面前，苏里坦努力想坐起来，阿扎提让他躺着，苏里坦伸出挂着盐水的手，握住儿子的一只手，两双手抖动着将挂在床头的生理盐水瓶摇得哗拉哗啦响。这时候苏里坦几乎说不出话了，阿扎提看见了他眼睛里的眼泪。阿扎提颤巍巍地拄着拐杖立在床头，看见父亲床边墙上挂着的红旗，那是父亲嘱咐他买回来，让热依罕帮他挂到墙上去的。他说，在闭上眼睛之前，他要看着它。

阿扎提看父亲躺在炕上，干瘦如一条薄板，棉褥子让他的身子完全陷入，像沙子陷入水中，被子平展展的，底下看着完全是空的。

苏里坦交给阿扎提两包钱，一包给他料理后事，一包给先王们举行一次祭礼。

苏里坦嘱咐儿子，买几车伽师瓜、西瓜，给他每年八月看望的那个部队送过去，慰问一下子弟兵。

安排完这些，苏里坦让妻子热依罕把耳朵靠在他嘴边，说："我想吃一碗你亲手做的馄饨。"这是他十几天来第一次说要吃东西。

阿扎提坐在轮椅上，在厨房里像他父亲一样，等热依罕洗洋葱、切羊肉、和面、擀面皮。他甚至担心父亲等不到这一碗馄饨了。

阿扎提体会到父亲每天看热依罕做饭的那种感觉。这个场景里，他回忆起父亲第一次来看他，母亲和阿米娜一起为他做饭的情形。让他酸楚的是，父亲离开人世后，不能跟他的母亲尼莎罕躺在同一个墓地。父亲这辈子共娶过四个女人，死了一个，离了两个，最后剩下这一个，给他端水端饭十八年，这个女人殁了，会躺在苏里坦的一侧，而阿扎提会躺在父亲的另一侧，父亲没有预留别的位置。

苏里坦躺在床上，安静地听着钟表的声音，等一碗他最爱吃的馄饨，只要这个声音延续着，他就觉得王时代还没有结束，它让他回到过去，指针之间仿佛晃动着王宫那些辉煌的影子。

那只立式钟表响了一声，苏里坦知道它不是原来麦王用过的那只，它只是用来连接和延续过去记忆的代偿品。麦王的立式钟表，有着考究的木质的表架和外壳，玻璃的表门里三个长短不一的银色指针，让苏里坦感觉时间坚硬的金属质地，仿佛一个铁人，蹬着银子的靴子，滴滴答答地在王宫里行走。在他的记忆里，那些金属的指针，指向那个时代的一个又一个时刻，那个时钟铭刻着王宫里发生的大事件。苏里坦这样冥想着，心跳就能维持与钟表同步的节奏。

热依罕做了一小碗热腾腾的馄饨，端到苏里坦床前。苏里坦闻到了香味，黑瘦的脸上显出很满意的神情。热依罕用勺子舀了一个馄饨，薄到透光的馄饨皮里面，包着松脆的半肥半瘦的羊羔肉，那馄饨在光线里是透亮的，可以看到里面剁烂的羊肉馅和晶莹的洋葱末。她喂他吃，苏里坦吃力地张开嘴，馄饨久久地含在嘴里，他像婴儿含着奶嘴一样的满足。

苏里坦用力把馄饨吞下，生命里的最后一口食物，通过食道的感觉，像一只船很艰难地在沙子里行走，阿扎提甚至能听到父亲食道里沙拉沙拉的响声。苏里坦竖起拇指，他眼睛越过所有在场的人，看向他们的身后那面墙上的红旗。沿着他的视线，所有人都让开了。他努力把嘴角向上挂，露出一丝笑意，他搁在板床上挂着液体的右手，瘦得像干硬的红柳枝，在被单上攥成一个竖起大拇指的动作，然后闭上眼睛，动动身体两边分开的两手，意思是要做出掬在一起的样子。感谢主，阿扎提流着眼泪，把畸形的手伸到最高的限度，在空中划了一圈，算是替父亲接都阿。父亲看到了他用尽全身力气接了都阿，瞳孔似乎越过自己的身体，看到一个众人看不见的地方，然后目光停滞不动了。那是他看向世界的最后的一眼，不是看儿子，也不是他旁边站着的热依罕，而是看着墙上那面红旗。

阿扎提看着父亲直挺挺地躺着，不再看任何人，他的目光与红旗形成了一种呼应。他一直保持着这道视线，屋子里都是白颜色，那种几乎淹没他的白颜色，只有墙上那面红旗红得像沸腾的血液。他躺在雪白的床单和被褥间，头顶是白色的天花板，他看不见天上的月亮和星星，只看见面前的红旗上五颗金黄的星星，他沉入了一片红色之中。阿扎提耳朵贴在父亲的嘴唇上，他听到了父亲最后的遗言："我要回到母亲生下我的那个地方……我的母亲，我就要看到你了。你在召唤我，我要变成婴儿再次降生，回到你的怀里。当我跨过沉沦的一切，向着永恒进发的时候，我的母亲，你血一样的红色，就是我的军旗……"

立式钟表整点报时，当当，响了两声。接着是一秒一秒地行走，仿佛一个铁人，蹬着银子的靴子而来……那是时间的脚步重重地踩过王宫地面的声音。这一次，苏里坦心跳的节奏再也无法保持与它同步了。

热依罕用头巾捂住脸背过身去哭泣。苏里坦的脸上的表情塌陷入他对另一个世界的向往里，他再也看不到她的悲伤了。

阿扎提的心已经陪伴着父亲去了。他想到了地窝子，想到了墓室。那从地下挖一段过去，再开凿墓室的方式，就如同过去跟父亲一起挖的地窝子一样。到了如今他发现，死对于他来说，不过是把自己的卧室从地上搬到地下去。

阿扎提挣扎着从轮椅里下来，扑倒在地上，为父亲的亡灵祈祷，人们站在床榻四周，像围了一圈栅栏，一个个钉在那里一动不动。

第七章　忆思

第一节　“磨坊”里的祈祷

热依罕坐在王宫院子里的土台子上，穿着掉了色的裙子，裹着灰蒙蒙的头巾，低头剥核桃和杏仁，收音机像苏里坦在世时一样，一天到晚开着，她凄楚的眼神不时看着空空的院落。

苏里坦在的时候，热依罕每天会在镜子前梳了头，穿鲜亮的衣服，包了鲜艳的头巾面对他，脸上闪着含蓄的笑意，这些笑意从苏里坦病了开始，就一点一点地远离了这张脸，热依罕饱满的脸，慢慢变得又长又尖，横向伸展的笑纹全部换作竖向拉开的愁容。一个女人的容貌会因不快乐，而变得如此悬殊。

她每天一个人在院子里，不是不停地剥核桃和杏仁，就是坐着发呆。她已经很久不出门了，苏里坦过世后，除了买菜，甚至没有去逛过一趟巴扎。

周围的旅游者快乐的笑声，对她来说是近乎残酷的嘲弄，让她变得更加不快。尤其是她只懂维吾尔语，不知道那些操着各种语言的游客到底在笑什么，有时候，他们带着好奇的目光，从她做饭的厨房小窗里窥视她，她总担心自己穿得不够整洁，丢了王的颜面。其实，苏里坦已经是一个在现实中不存在的人，她还是非常顾忌他的颜面。

“我不在了，这个世界不会因为你的软弱而慈悲。掩藏起你的忧伤，就像我在的时候一样，在人前，你一定要挺着胸走过，这样别人才不致因为我的离去，对你不敬。你在地上吃馕，我在地下吃土，本质上没啥区别，也没什么好悲伤的。”活着的时候，苏里坦总是这么对热依罕说。

她似乎听到了他的念叨，起身用指甲开裂的粗糙的手，拍打了几下裙子上的核桃和杏子壳的碎屑，关起门，洗了小净，换了身干净衣服，包好头巾，提了一桶水，准备到苏里坦坟头上去。

苏里坦的墓就在离王宫不到二百米的地方。他在活着的最后十年里，只做成了这件大事，就是修造了他的墓。墓造好以后，越看越像一座磨坊，后来他干脆叫它“磨坊”，觉得这样称呼比叫坟墓听起来有生机。

王宫花园的小径通向墓地，苏里坦活着的时候，在路边种下的果树，一路赐给他的女人香花和香果。

这座磨坊一样的圆顶建筑里，先王们的像围绕在四周的墙壁上，像是众多的守护者。进了“磨坊”仿佛能听到时间拉着历史的磨盘，轰隆隆在旋转的声响。

活着的时候，苏里坦这只老磨推推转转，转到转不动就卸磨了。现在他躺在“磨坊”放磨盘的那个中心位置，他的左右连着的两个墓穴的主人，还拽着时间的绳索挣扎在世上。

热依罕觉得苏里坦每天躺在这间高大的“磨坊”里等她。她知道她活在人间只是暂时的滞留，就像毛驴车在一个驿站停留一样，最终还是要回到这里，跟苏里坦并排躺在无边的黑夜里。

她每天天不亮就起来，净了身，做完邦布达后，提着清洁的井水，来到苏里坦的墓前。她清扫坟墓周围，轻轻地用拂尘拂去墓身细细的尘埃。她一往地上洒水，潮湿的泥土味儿就扑面而来。苏里坦躺在“磨坊”里半年多了，前几天下了雨以后，他的墓旁长了几个小蘑菇，看起来好像躺在墓里的人也要发芽了。

热依罕站在墓前自言自语：“你活着的时候，一个人孤单地生活那么久，那个时候我还不认识你，也许我还没有出生。现在你又落单了，让你一个人躺在这里，我没法帮你挠背、捶腿、掖被子。每天半夜醒来，都听见你在咳嗽。你走了，我还活着！安拉，为什么让你走了，我还活着……”起先她的嘴唇在头巾下面颤抖，接着她的整个头巾和肩膀一起颤动。

热依罕赶开一只受惊的蜘蛛，让手上的拂尘抚过苏里坦的坟头，她感觉就像过去每周四晚上所做的那样，用辫梢在黑夜里，像孔雀的羽毛温柔地扫过苏里坦的身体。这让她觉得苏里坦还活着，而不是躺在地下的土层里。

“不要咬他的身体，去吃虫子吧。”热依罕对蜘蛛说，她看着蜘蛛在她的诵经声里慢慢爬走了。

这一生，对苏里坦最忠诚的，就是瘙痒症了。他想了各种方法来摆脱它，瘙痒像跳蚤一样折磨了他一生，他还是如此舍不得离开它。他活着，瘙痒就不会死。他的瘙痒症终止了，他的生命也就终结了。现在他死了，蜘蛛和跳蚤们不会死，它们还会这个世界上快活地跳来跳去。

热依罕跪在苏里坦的墓前祈祷。苏里坦在世的时候，他俩一起做乃玛孜，热依罕一直跪在苏里坦旁边。苏里坦念经的方式是热依罕最熟悉的。现在墓的一侧为她留好了墓穴，他告诉过她，会躺在这里安心地等她。她也说过，生生死死，她都会在他的一侧祈祷。

做完祈祷，她掀开遮盖着脸部的头巾，看了看裙子上的土，又看了看苏里坦的坟头，她缓缓放下了头巾，好像怕苏里坦看到她憔悴的容颜。她站起来，这次她没有习惯性地拍掉裙子上的黄土，让这些土继续留在了裙子的花纹间。

苏里坦躺在这里，成千上万世界各地的游客来参观他的王宫，他们不会忘记围着他的墓地转上一圈。这座“磨坊”除了游人，还有腿脚不灵便的阿扎提不时地让妻子推着轮椅过来一起看看父亲。

热依罕拿着那把苏里坦扎的小扫帚，上上下下清扫完这座“磨台”，在“磨盘”四周的砖台上，洒下玉米粒、稻谷粒、麦粒、鹰嘴豆。麻雀和鸽群围绕着这座已经停歇的“老磨的磨台”，找点食吃吃。

热依罕念完一段经文，撩开面纱又看了一眼苏里坦，垂下眼皮低头摸一摸他坟边的木头栏杆，陪他静静地待了一会儿，然后裙子上带着从苏里坦坟地沾染的那一抹黄土，走出了墓地。她沿着花园里的浓荫道，回到他们曾经共同生活的王宫。她裙子上从墓地里带回来的黄土，几乎沾染在王宫里每一块他们一起坐过的地方。王宫里的这些地方，保留着他和她在一起时的痕迹和气息，这些都让她无比的宽慰。

第二节　枯萎的青杨枝

最近热依罕又牙疼了，这一口牙，她和苏里坦共用了十八年。她每次用头巾捂着腮帮子去看牙医，知情的人都同情地看着她愁眉不展，劝她不要长久地沉浸在丧夫的悲伤里。热依罕遇到这样善意的劝话，也不知道自己该说点什么。她出生在一个穷人家，没有上过学，她本能地对来往应酬和社会关系感到恐惧。所有跟外界的交往，过去都是由苏里坦一个人维持的。苏里坦走了以后，她几乎不出门跟外界打交道了。

苏里坦不在世了，这个四季，对于热依罕与往年的四季没有什么不同，唯有的不同是，她的牙时时地疼痛。苏里坦走了快一年了，热依罕觉得自己若是没个病痛，好像显得不正常。

接近苏里坦去世一周年时，热依罕开始频繁地跑医院。她不知道自己到底是怕生病，还是想生病，她想："也许生病就可以逃避什么。"王的祭礼仪式越来越近，需要操持的事情越来越多，她特别希望苏里坦能从坟墓里起来，告诉她该怎么办。她不断地去苏里坦生前生病时住过的那家医院，碰到给苏里坦看过病、开过药的几个医生，经过苏里坦住过的病房，热依罕禁不住探头看看，苏里坦曾经躺过的那张病床上，有个年轻的男人躺着。病房的护士认出了她，热情地招呼说："我认得你，你是柯卡王的妻子，去年王爷在这里住的时候，你一直服侍在身边。"

被护士这样一说，热依罕感觉清醒了一些，又觉得有点恍惚。"去年……"去年在这个医院里，她扶着苏里坦上上下下地检查身体。“苏里坦住院的事都是去年的事了，怎么感觉他还躺在医院里。”热依罕心里嘀咕。

她顿时觉得医院没有白来，这里的人都还记得苏里坦。她担心只有自己记得他，担心一周年来祭礼的人，只是奔一个仪式，而不是真的记得苏里坦。

热依罕突然感觉，自己像是苏里坦留下的半条魂去他生前住过的医院探望他自己。

热依罕恍恍惚惚地回到王宫，看到那张苏里坦病重时躺过的病床空空地摆在庭廊里，床上平展展地铺着红花毯子，墙上还挂着那面红旗。生命里最后的二十天时光，苏里坦就是在这张小床上度过的，那时候四周都开着电风扇，床边摆着冰块，她不停地用冰水给他擦拭腋窝和胳膊、腿降温。她仿佛能听到他肺里浓重的痰音。

一切一如去年，可苏里坦躺在黑色的墓穴里，给她预留的那个墓穴空了一年，热依罕又在地上跑了四季。热依罕想：也许该按照老人的说法，放几个核桃在葫芦里，盖上盖子，密封了，放进墓穴里，她还活在这个世上，那个世界的位置也不能总是虚空着，放个葫芦，也算把墓穴压实了。

秋天葫芦熟透了，热依罕摘了一个品相端端正正的，描上自己的名字塞进葫芦里，她只会描自己的名字，是苏里坦教会了她怎么写自己的名字，现在终于可以用上了。

人家说只要密封得好，葫芦里的籽，存放一千年还能发芽。热依罕坐在墓前想象着一千年后，墓穴塌了，葫芦碎了，那籽儿依然长出苗，结出新的葫芦。到那个时候，这块墓地里也许结满了葫芦，无论有多少墓坑，都能被一个个葫芦坐实了，不会有任何一个墓坑空着。

临近古尔邦节了，门口热依罕与游人合影的示意牌上，用汉文、维吾尔文和英文写了什么，她不是很懂，她只能看懂上面标着的显眼的阿拉伯数字。她把牌子翻转过去，放在门边。

苏里坦在的时候，游客总是对着他拍呀拍呀。热依罕总是拉着他的衣襟往后扯。起初她怕拍照，觉得人们会把他的魂摄走，带到陌生的地方。

苏里坦会捏捏她的手笑笑说："傻女人，照相机是拍人像的，摄不走灵魂。"她安下心来，慢慢地习惯了看着苏里坦被人拍照，他的魂不会被拍走，她就放心了。

王宫的解说员古丽让热依罕每天好好打扮打扮，她说游人为她拍下的这些照片，会跟苏里坦的照片一起传播到很多地方。热依罕暗自想，如果这样，也许她与苏里坦的灵魂有一天，会在他们俩人的照片汇集的地方重逢。那时候，她希望自己在他面前显得漂亮一些。

那些游客从小厨房的窗户看见热依罕，好奇地窥视她洗菜、烧火，和面，她常常从面盆里把手抽出来，来不及洗干净手上的面，就被他们拉去拍照。他们总是很兴奋，而且有种奇怪变得自豪。他们嘴里念叨着:“我们要跟王妃拍照，我们要跟王妃拍照。”她看到他们的表情跟在展览馆里，与那些王爷的遗物合影时类似。

她有点尴尬地用力揉搓着双手，觉得自己的手瞬间变得很大，没有地方掩藏，她担心指甲和指缝里的面粉会被拍进去。

有时候，游客会很得意地让她从照相机的镜头里看刚拍好的合影，她发现自己太匆忙了，头巾没有戴好，她指指镜头里自己快要脱落的头巾，示意他们重拍，有时候一些游客会很痛快地重拍，这样他们又多了一次跟她免费重拍合影的机会。大多数时候，游客比她匆忙，根本没有重拍的时间。也有一些时候，她提出重拍后，老板或干部模样的人，会对着拿照相机的人连连摆手，相机里歪戴着头巾的合影就被他们带走了。她不知道那些照片会被带到哪里，也不知道谁会看到那些照片，她从来没有再看到过照片里自己的模样，也从来没有人把洗好的照片寄给她，许多人答应寄给她，也许后来忙起来就忘记了。

跟她拍照的人都似乎很满意，除非他们发现她在照片里闭着眼睛，他们才会提出重拍，她都会热情地配合，因为她闭着眼睛的样子实在是太可笑了。更多的时候，拍了照的人自己也来不及看，更顾不上给她看，她根本不知道自己在照片里的样子。她看到他们满意的表情，也努力微笑着，让他们看到她也很满意，其实她心里很忐忑，她不知道内心是不是真的满意自己被这样拍来拍去，尤其是很多时候，她根本来不及换漂亮的衣服，没有在镜子前画好眉毛，戴好头巾，把顶的那块秃斑捂严实，就匆匆出门站在照相机镜头前。画眉毛、抹口红、涂脂抹粉都是解说员古丽教她的，王爷在世的时候，她从来不化妆，王爷觉得她的眉眼肤色足够靓丽。现在她涂脂抹粉，是为了遮掩脸颊那一层暗黄色的斑。

热依罕每天精心地画好妆，穿上鲜艳的艾黛莱斯裙，坐在苏里坦的巨幅照片前，或者坐在苏里坦曾经与游客拍照的凉亭里、秋千架下，不厌其烦地与游人拍照。她不在乎牌子上那几个阿拉伯数字的多少，只要她还在这个院子里，做着跟苏里坦在一起时做过的一样的事情，生活就变得有意思多了。她似乎接替了他的一部分，让他继续在这个院子里存在下去，这样他就不会完全消失。她感觉每拍一张照片，苏里坦就在她的意念里重现一次，他的灵魂也仿佛在这个世界与那个世界的边界上，向着她重现了一次。在相机对准她的刹那，她感觉自己躲在了王的身后，她在内心窃喜，他们拍下的仍旧是苏里坦，他们都看不到苏里坦，热依罕通过自己的意念把苏里坦拉到了镜头里。有时候一恍惚，她会忘了自己到底是谁，幻想游客拍下、带走的不是她的照片，仍旧是苏里坦的，每拍一次，这种错觉就让她快活和兴奋一次。没有人的时候，热依罕坐在苏里坦的巨幅照片前，坐在他过去常坐着拍照的凉亭下或秋千架上，等着有人来拍照，等着那种与苏里坦并排站在一起的感觉重现。

一只鸽子落在热依罕面前的水桶边沿上，细细的脚掌扒住桶沿，伸长脖子用嘴去够桶里的水。桶太深了，水剩了很浅的一点。她一起身，鸽子飞起来落在杨树枝上，她去池子里打满了水，把桶放在院子当中，等着鸽子来喝。鸽子站在杨树枝上，怯怯地望着地上水桶里晃动的水影。

“不怕，不怕，下来喝吧，安拉赐给我们的生命是一样的，渴了就要喝，饿了就要吃。”热依罕招呼鸽子。

一个穿运动装的女人，把热依罕翻转的牌子重新翻转过来，指着牌子上的阿拉伯数字，小声念了几遍，指指点点，跟另外一个穿冲锋衣的女人绕着牌子转了几圈，抬眼看看正在院子里折杨树枝的热依罕，再故意朝着牌子看看，嗤嗤地笑着走出院门，穿冲锋衣的女人捂住嘴巴，出门前特意回头看了热依罕一眼，关上院门出去了。

鸽子从杨树枝上，落到牌子上，再跳到水桶边沿上，牢牢地用细灰的爪子钩住桶边，脖子一伸一缩，啄向桶里的水。红砖地上的几只麻雀落下来，叽叽喳喳地叫着，一会儿低头啄饮地上洒落的一小滩水，尾羽高高翘起，一会儿扬起头和脖子，把尾巴和屁股泡在泥水里，等喝饱了水，一个个尾巴湿淋淋的，像邋遢的小女人一样拖曳着泥水浸透的裙子，在院子里挺着肚子踱步。

苏里坦的坟前，去年的青杨枝焦黄泛灰，热依罕周年祭上插的那一簇，倒还干燥苍绿，古尔邦节临近，热依罕折了一些院子里的青杨枝，打算跟前两次插的青杨枝并排插在苏里坦坟头。

生命渐渐枯萎的颜色，就这样借着折断的杨树枝，对着热依罕含蓄地显现。

第三节　王宫的月亮

阿依回王宫来了。她穿着黑白花纹的艾黛莱丝裙，头上扎着乳白色的纱巾，完全是一身维吾尔族女人的打扮。她很希望苏里坦见到时，苏里坦还能从她身上看出一丝当年少女阿依的影子。

阿依看到通向墓地的那个拱门旁边，墙上那张放大到真人大小的照片，照片上老年的苏里坦坐在鲜花丛中开怀地笑着，旁边用大大的字写着：中国唯一健在的王。阿依的目光停留了很久，她走到照片前面，手指沿着衣袖摸下来，仿佛抚摸到苏里坦的手，她站在他对面，感觉就像小时候一样，牵住他的衣袖。

阿依跟王宫的解说员古丽说：“我从小在王宫长大，苏里坦是我的哥哥。请告诉我，现在还有什么人住在王宫，我想看看我的哥哥和亲人们。”

古丽攥住阿依的手说：“苏里坦去世一年多了。他对我讲起过他有个叫阿依的汉族妹妹。我非常吃惊您的维吾尔语讲得那么纯熟。”

“这张照片上不是写着‘中国唯一健在的王’？”阿依问。

“苏里坦去世后，王宫还没来得及撤换掉这张照片。”古丽解释。

站在照片前，阿依不断地抹眼泪，她想起了孩提时，跟苏里坦玩过的游戏。这么多年了，她一直惦记苏里坦这个失散多年的哥哥。她哭的时候，仿佛回到了小时候，只是没有人再像小时候那样，帮她抹眼泪擦鼻涕了。

古丽递给阿依一本新书，阿依手里捧过那本红色封面的书，时不时地翻开某一页，用维吾尔语向古丽询问。那是一本写柯卡王家族的书，书里有苏里坦各个时期的照片。阿依边看照片边取下眼镜用手绢擦眼泪。

“阿依别难过，我们可以去王宫看看王爷的妻子，给王爷上个坟。”阿依身边一身维吾尔打扮的男人安慰无助的阿依。

阿依告诉古丽：“这个是我的丈夫吾斯曼。”

坐在王宫里，跟热依罕一起看着墙上麦王牵着蒙古马的照片和苏里坦晚年的照片，阿依和热依罕相对而泣。阿依莫名地喜欢在王宫里麦王和苏里坦的照片前，这样畅快地陪热依罕一起流泪，她感觉好像麦王和苏里坦在看着她们，用目光抚慰她们。

热依罕带着阿依和她丈夫来到苏里坦坟前，阿依在坟墓边撒上碾碎的玉米粒、鹰嘴豆和小米。

阿依说：“那个跟我玩‘月亮追太阳’捉迷藏游戏的苏里坦哥哥，现在扔下我们躲到另一个世界去了。他从小那么疼我，当我是她的亲妹妹。我很想贿赂那些鸽子，好让它们给躺在这里的哥哥传递我回来的消息。”

几只灰色的鸽子飞过王宫的上空。

阿依对她丈夫吾斯曼回忆着陈年往事：

“那个时候麦王常说，爱花草的人，灵魂和这些树木花草一样，是永生的。不爱花的人，是没有灵魂的。小时候，我和苏里坦在王宫院子里追逐，踏倒了一株芍药，麦王让我们俩把花枝扶起来，用白纱布捆好，我们最终没能救活那株花，结果被麦王罚站，在太阳底下晒了一整天。”

“苏里坦无论走到哪里，眼睛都会盯着花种子和盆花，冬天没有花，哪怕塑料花，也会买回来摆在屋里，让它们代替鲜花开着，等待春季。或者买一些花布挂在门窗和墙面，做成褥子，他说躺在花褥子上，就像躺在鲜花丛里一样。这些年，他把柯卡王宫变成了花果园，王宫如今的别名叫做‘古丽巴格’（维吾尔语：花园）。现在这些果木花草一年四季陪伴着苏里坦的灵魂，我觉得苏里坦每天都行走在王宫的花园里。”热依罕说。

阿依的丈夫吾斯曼问古丽：“为何每个王，都为自己造一个大大的墓，是对失去的世界的留恋，是对自己生命消逝的补偿，还是为了留住一段历史？”

古丽知道在这座城里所有先王们的墓，都在那场史无前例的运动中毁于一旦，她不无难过地以自己的理解，对吾斯曼解释：“我不知道其他的王是怎么想的，我猜测也许是为了弥补麦王死无葬身之地的缺憾，王爷才希望在去世后，自己能有个体面的墓葬。”

阿依接过话说：“苏里坦的时代，不再是先王那样的王者时代。从麦王人头落地之时起，柯卡王的时代就已经宣告终结。生活像一个历史机器倒错的片子，苏里坦是世袭中断裂过的那一截，他的身上承载着历史的遗留。活着的时候，像大火之后的烟囱，保留世袭历史烟熏火燎的标本，供世人记忆。现在他熄灭了，燃尽了，成为一撮历史的灰烬。这些来王宫参观的人们，难道还会认为这个时代需要一个王？他们只不过想看看过去曾经有过的王，苏里坦用了活人的方式展现了这段历史，他是这段历史特殊的延续，已经谢幕的他身上历史的余温，还在吸引着人们回望过去罢了。”

阿依看望了很多苏里坦的亲戚朋友，他们说起苏里坦，都觉得他还在，似乎还住在王宫，跟活着的时候没什么区别。从小抱养阿依的麦王，已经跟历代柯卡王一起排在蜡像的行列，伫立在王宫的展览馆内，被花草簇拥着。阿依走过去，一代代郡王恍若真人再现。她相信他们的灵魂还在王宫徘徊。

阿依看看手上宣传册中的照片，晚年的苏里坦风霜满面，皱纹像沟壑一样深重，面孔像一部翻开已久的古老的书，也像一个安详的句号。他目光探进历史之中，仿佛在回忆斑驳的往事，用力探寻和打捞一艘滑进岁月深处的沉船。阿依的目光被牵引到书的扉页那些介绍性的文字：

“苏里坦经历了柯卡王家族最后的辉煌。14岁他就从一个不谙世事的“巴郎子”，一跃成为万人瞩目的王。也正是这个特殊身份，使他的一生中充满了大悲大喜。他从出生的那一刻起，就遭遇了与亲人生离死别的凄苦。母亲生他时难产，折腾了四天四夜，生下他，便撒手人寰。他一出世，就在家族早已设计好的命运中，一步步地变成另外一个人。从一个不懂事的小巴郎成为“王爷”，七十多年来，这个称号从没有让他觉得自己和柯卡老百姓有什么血缘的不同，如果要说有什么不一样，那就是他所拥有的这个封号，让他承受了更多的人生磨难，一直到了后半生，他才拥有了一段安宁的日子。”

王宫的月亮早早地升上来，照在苏里坦的墓地里，还是阿依小时候跟苏里坦一起看过的那一枚。多少年来，无论身在哪里，每当月亮升上来，阿依就会想起王宫，想起跟苏里坦玩过的“月亮追太阳”的游戏。此刻她好像明白麦王给她取这个名字的含义了。麦王知道阿依早晚要回家，来看那一枚柯卡的月亮。如今，月的清辉覆盖在苏里坦的墓地，月光从清真寺的尖顶上倾泻下来，像一件薄薄的纱裙，轻轻地包裹着阿依……

后记

柯卡王两百多年的家族历史，荆棘密布，杂草丛生，我以脆弱的笔为利斧，一路左砍右伐，想砍伐出一条可供我迈步的小径。有时这支笔成为我的船桨，引我渡过令人望而生畏的激浪险流。有时，历史像一头困兽，露出时而狰狞、时而温顺的面目。我的笔时时搁浅在黑暗深处，绝望中我只有默默呼求，希冀能得到光亮，将我引向通途。在柯卡王百年历史中，我恨不得把自己变成一只贪婪的鹰，在两百年的时空来回穿梭盘旋，让一切猎物尽收眼底。

当我随王爷赛马、打猎，带着使命信心与历史作战时，斑驳的阳光照在沧桑的新疆大地，我的身体上开满了荨麻疹的花朵。实际上，我每天在与自己作战，在与荨麻疹作战。在这场惨烈的与自我的征战中，我逐个附体书中人物，扮演多个角色，进入他们每个人的内心，魂之所系，忽丧忽喜，忽乐忽悲，心潮跟随柯卡王族的世事变迁起伏不定。一个人要在几代人的世界里来回穿梭，生者与死者似乎失去了界限，阴间阳界被一股巨大的力量冲破，这种闯入带给我灵魂的震撼和身心的撕裂与疲惫可想而知。

我起初为了表现王的恐惧，赋予了他一种皮肤瘙痒症，随着写作的深入，我住进王宫，跟王妻子的原型同宿同吃，坐王的座位，用王当年的碗吃饭，睡在王的床上，渐渐地我变成了王，王的病竟然也变成了我的病，荨麻疹一直伴随着我采写王的过程。我曾努力祈祷："让我进入他们，进入这个世袭了两百多年的亲王家族的记忆，让我与那些逝去的王们在阴间建立一种血脉连接。"

我的不断呼求得到回应，后来我感觉我生活在他们过过的生活里，我深入到他们的骨血和灵魂之中。而我没有料到的是，这种灵魂的连接一旦建成，竟然是那么的牢固，我仿佛被我所写的人物附体，我就是王，王就是我。他的各种病症和焦虑的情绪，竟然也表现在我的身体上，超过了我的身体能够承载的范围，我梦里看到，王从我每日写作的小方桌旁坐起来，而我奄奄一息，无法动弹。在北京治疗时，一位有名的大夫竟